Therese Bichsel
Die Reise zum Einhorn

Therese Bichsel

Die Reise zum Einhorn

Roman
Zytglogge

Für Peter

Alle Rechte vorbehalten
Copyright by Zytglogge Verlag Bern, 1999
Lektorat: Daniel Imboden
Umschlagbild: The Seventh Tapestry, The Unicorn in Captivity
Satz und Gestaltung: Zytglogge Verlag Bern
Druck: Freiburger Graphische Betriebe, Freiburg i. Br.
ISBN 3-7296-0591-7

Zytglogge Verlag Bern, Eigerweg 16, CH-3073 Gümligen

Einhorn

Die Freude
dieses bescheidene Tier
dies sanfte Einhorn

so leise
man hört es nicht
wenn es kommt, wenn es geht
mein Haustier
Freude

wenn es Durst hat
leckt es die Tränen
von den Träumen.

Hilde Domin

Sonett an Orpheus

O dieses ist das Tier, das es nicht giebt.
Sie wusstens nicht und habens jeden Falls
— sein Wandeln, seine Haltung, seinen Hals,
bis in des stillen Blickes Licht — geliebt.

Zwar war es nicht. Doch weil sie's liebten, ward
ein reines Tier. Sie liessen immer Raum.
Und in dem Raume, klar und ausgespart,
erhob es leicht sein Haupt und brauchte kaum

zu sein. Sie nährten es mit keinem Korn,
nur immer mit der Möglichkeit, es sei.
Und die gab solche Stärke an das Tier,

dass es aus sich ein Stirnhorn trieb. Ein Horn.
Zu einer Jungfrau kam es weiss herbei —
und war im Silber-Spiegel und in ihr.

Rainer Maria Rilke

Geburtstag

Wie auf Watte ging die hoch gewachsene Frau durch den Korridor der Landesbibliothek. Die Bücher unter ihrem Arm belasteten sie nicht, sie bemerkte sie kaum. Ihr Gesicht war schräg nach oben gerichtet, wie wenn sie die Sonne – oder den Mond – suchen würde. Doch der Himmel, der auf den Oberlichtern lastete, hielt sich bedeckt.

Leicht stiess sie mit dem einen und dem andern Fuss ab. Die linke Hand fuhr in die kurzen, blonden Haare, zauste sie und sank auf die Hüfte. Unmerklich trieb die schmale Gestalt nach links und entfernte sich durch die Glastür zum Katalogsaal.

Als Sibyl mit ihren Büchern unter dem Arm wieder durch die Glastür trat, war der Korridor leer. Hatte sie nicht vorher jemanden wahrgenommen im Foyer, der ihr bekannt vorkam? Kurt Hansen?

Sie war etwas kurzsichtig, trug aber keine Brille und auch nicht Kontaktlinsen. Wieso sich von Einzelheiten ablenken lassen. Sie kannte diesen Korridor seit zwanzig Jahren, musste ihn tausendmal gegangen sein. Um nicht am Linoleumboden haften zu bleiben, blickte sie durch die Oberlichter in die Wolken. Heute hingen sie tief, dieser Februartag versprach nichts Aufregendes. Sie hatte Geburtstag, ja, aber den feierte sie nicht, seit die Mutter nicht mehr lebte.

Sibyl öffnete ihre Bürotür. Susann Weber, die Bürokollegin, war nicht da. Ein Moment Ruhe. Sibyl liess sich in ihren Stuhl fallen und lehnte sich zurück. Einundvierzig. So viele Jahre zählte sie heute, an diesem elften Februar. Sie verschränkte die Arme. Letztes Jahr der runde Geburtstag, zum ersten Mal ohne Mutter. Das war das Besondere, nicht die runde Zahl. Sibyl war allein auf der Welt, ganz allein. Keine Vorfahren, keine Nachkommen. Nur Sibyl Wiegand, Bibliothekarin in der Landesbibliothek.

Sie sah sich von oben auf ihrem Bürostuhl sitzen, eine grosse, schmale Frau in einem engen Raum. Je mehr sie ihren Blickwinkel weitete, desto mehr schrumpfte die Frau auf dem Stuhl, sie wurde so klein und grau wie ihr Büro. Noch in zwanzig Jahren würde sie so dasitzen.

Sibyl beugte sich vor. Sie starrte in den undurchdringlichen Himmel vor dem Fenster und erinnerte sich ans Sonnenlicht ein paar Tage zuvor. Schräg war es ins Büro gefallen auf den kleinen Tisch des Praktikanten. Staub flimmerte in der Luft, die Sonnenstrahlen trafen auf das rötlich braune Haar von Joris. Joris Keller, ehemaliger Uni-Assistent am Historischen Institut, nun in Ausbildung zum wissenschaftlichen Bibliothekar. Drei Monate war er Sibyls Praktikant gewesen, sie hatte ihn ins Katalogisieren eingearbeitet.

Bald würde sein Weg über sie hinwegführen. Leute mit Studium, Männer vor allem, wurden zu Vorgesetzten. Wie Andreas Nuspliger, Leiter des alphabetischen Katalogs.

Wieso konnte sie nicht mehr stillsitzen. Sie erhob sich, ging ein paar Schritte hin und her und setzte sich wieder. Ihre Augen wanderten über die Bücherstapel auf ihrem Pult. Ein grünlich glänzender Buchrücken fiel ihr ins Auge, unter einem roten Folianten.

Dieser Buchrücken war ungewöhnlich. Sie zog das Buch hervor, und ihre Augen verengten sich. Auf dem Kartoneinband war ein Einhorn abgebildet. Ein milchweisses Einhorn auf einer Blumenwiese. Sibyls Hände zitterten. Sie legte das Buch vor sich hin.

Das Einhorn. Tier ihrer Kindheit. Das kleine Stoffeinhorn, mürbe und grau geworden über die Jahre. Sie hatte es nie weggeworfen.

Neugierig nahm Sibyl das Buch wieder in die Hand. Sie wollte nach dem Autor suchen, dem Titel, dem Verlag. Auf dem kartonierten Einband war kein Name und kein Titel zu finden, die Rückseite schwarz. Sibyl öffnete das Buch und fand nur leere Seiten. Hastig blätterte sie zum Anfang, auch hier nur reines Weiss.

Sie schlug die letzte Seite auf – nichts. Sibyl liess das Buch auf den Bürotisch fallen. Ein kartoniertes Buch, glänzender Umschlag, mit Einhorn auf dem Titel. Innen nichts als leere, weisse Seiten.

Das war kein Buch, das sie bearbeiten musste. Es gehörte nicht auf ihren Tisch. Es war ein Fremdkörper unter den vielen neuen Büchern, die sie katalogisierte. Ein Buch, das nicht zu ihr gehörte. Oder doch?

Wer hatte es auf ihren Tisch gelegt, umsichtig unter dem roten Band versteckt? Sollte es ein Geburtstagsgeschenk sein? Von wem denn? Kaum jemand wusste von ihrem Geburtstag.

In diesem Moment wurde die Bürotür aufgestossen. Sie hörte unterdrücktes Murmeln von draussen und sah einen Geburtstagskuchen mit vielen kleinen Kerzen. Das Gesicht von Susann und die Köpfe der anderen Kolleginnen und Kollegen vom alphabetischen und vom Sachkatalog tauchten im Türrahmen auf. Ganz zuhinterst und fast verdeckt dasjenige von Andreas.

Schnell öffnete Sibyl die Mittelschublade ihres Bürotisches und liess das Buch hineingleiten. Sie sollten es nicht sehen. Oder war es ein Geschenk von ihnen? Nein.

«Happy Birthday» sangen sie jetzt, und die Geburtstagstorte und ein Blumenstrauss mit Freesien, ihren Lieblingsblumen, wurden vor sie hingestellt. Susann stand strahlend da, die Überraschung war gelungen.

Sibyl erhob sich und umarmte ihre Bürokollegin nach kurzem Zögern. Vielen Dank, Susi. Für einmal kam ihr die verkleinernde Namensform über die Lippen, die sie sonst mied, obwohl Susann Susi genannt werden wollte. Unter dem Klatschen der Umstehenden blies Sibyl die Kerzen aus. Sie drückte Hände und dankte, drückte noch mehr Hände und dankte.

Als sie wieder draussen waren, stellte sie Kuchen und Freesien auf den Tisch des Praktikanten. Der Tisch war verwaist, weil Joris Keller seit Anfang dieser Woche sein Praktikum in der Erwerbsabteilung fortsetzte.

Ohne ein weiteres Wort an Susann zu richten, die schwer atmend an ihrem Tisch gegenüber Platz nahm, schlug Sibyl einen Band auf und machte sich an die Arbeit.

Erst am Abend ging sie zum Tisch, öffnete die Schublade und legte das Einhorn-Buch, von Susann unbemerkt, in ihre Ledertasche. Susann war verstimmt, weil Sibyl nicht mehr mit ihr gesprochen hatte, aber sie eilte doch dienstfertig nach draussen und kehrte mit einer Schachtel und Einwickelpapier zurück. Sie besorgte das Einpacken der Blumen und legte Sibyl, die sich noch einmal bedankte, beide Geschenke in den Arm.

Im Foyer kam Frau Tobler hinter dem Empfangstisch hervor und drückte ihr die Hand. Dann konnte Sibyl aufatmen. Die Stufen hinunter und weg, endlich.

Hastig zog Sibyl in ihrer Wohnung am Merianweg 12 ihren Mantel aus, steckte die Blumen in eine Vase und die Torte in den Kühlschrank. Sie nahm das Buch aus der Tasche und setzte sich im Wohnzimmer in den Fauteuil.

Sie wog das Buch in der Hand. Wer hatte es hingelegt, was sollte es bezwecken. Wusste jemand von ihrem Kindheitstier?

Ein Blindband, ein leeres Buch. Nein, leer war es nicht. Es hatte Seiten, die unbeschrieben waren. Und auf dem Titelblatt dieses zarte Tier.

Sibyls Augen liessen das weisse Wesen nicht los. Sie wollte Bescheid wissen über das Einhorn. Wo kam es her, wohin war es gegangen, welche Spuren hatte es hinterlassen. Denn eins war klar: Das Einhorn gab es nicht mehr. Oder doch?

Morgen würde sie in der Landesbibliothek nachforschen. Sie war an der Quelle, konnte im hauseigenen Katalog und in den Bibliographien recherchieren. Nein, das kam nicht in Frage. Alle wüssten davon, wenn sie in der Landesbibliothek Bücher auslehnte oder über den Gesamtkatalog aus anderen Bibliotheken bezog.

Sie blickte um sich, auf die marokkanischen Wandteppiche, den Perser auf dem Parkettboden, den alten Sekretär, das Sofa und den Fauteuil, wie wenn sie alles neu entdecken würde.

Nein, sie wollte nicht in der Landesbibliothek nachforschen. Besser war, wenn sie sich in der Universitätsbibliothek informierte. Die Einhorn-Titel würden vorwiegend ausländisch sein. Sibyl ging in die Küche zum Kühlschrank, schnitt sich ein Stück Torte ab und begann zu essen. Sie wollte heute nicht kochen. Mit dem Tortenrest in der Hand zog sie sich ins Wohnzimmer zurück.

Von unten hörte sie die Stimmen von Nosers, die laut diskutierten. Sie horchte auf den Tonfall, betrachtete die Wandteppiche und schüttelte den Kopf. Malik.

Ihr Blick glitt weiter zum Sekretär und stockte. Natürlich, dort stand ihr altes Stoffeinhorn, für alle sichtbar, die sich schon in ihrer Wohnung aufgehalten hatten. Andreas. Ihre Freunde Marianne und Kurt Hansen mit den Kindern. Niemand von der Bibliothek, ausser Andreas. Doch. Vor Weihnachten hatte sie Susann und Joris zu Kaffee und Kuchen eingeladen, weil Susann dies erwartete, nachdem sie bei ihr zu Gast gewesen waren. Und beim Tod der Mutter, fiel ihr ein, gab es ein paar Kondolenzbesuche, alte Bekannte ihrer Eltern. Aber das war ein abwegiger Gedanke. Sonst noch jemand? Es müsste Monate und Jahre zurückliegen, sie war gern allein.

Sie steckte sich den Tortenrest in den Mund, nahm das Stoffeinhorn und das Einhorn-Buch und löschte die Ständerlampe. Im Schlafzimmer legte sie das Buch auf ihren Nachttisch und stellte das Stofftier daneben. Sie schaute auf die beiden Einhörner.

Morgen, nein übermorgen Freitag, hatte sie Zeit, in der Universitätsbibliothek nachzusehen. Dann würde sie mehr wissen.

12. Februar

Das Buch des Einhorns liegt offen vor mir. Gegen seine weissen Blätter schreibe ich an. Ich weiss nicht, wer es auf meinen Tisch gelegt hat.

Vorhin kehrte ich aus der Sauna zurück und legte mich nicht gleich ins Bett. Ich setzte mich an meinen Schreibtisch im Schlafzimmer und nahm das Buch in die Hand. Strich über das Einhorn, drehte das Buch in meinen Händen und drückte es eine Weile an mich. Dann nahm ich meine Füllfeder, setzte das Datum auf die erste leere Seite und begann zu schreiben. Einfach so.

Das Buch wehrt sich nicht, sträubt sich nicht unter meinen Fingern. Seine Seiten kräuseln sich nicht, rollen sich nicht zusammen, das erste Blatt biegt sich mir fast entgegen. Es soll wohl so sein, ich schreibe in das Buch, erschreibe es mir.

Meine Hände kann ich nicht von ihm lassen, immer wieder fahre ich mit den Fingern über das Buch-Einhorn. Ich muss dem Buch mitteilen, was ich sehe, was ich spüre.

Auch Erinnerung sucht ihren Weg in dieses Buch.

Ohne mein weisses Stoffeinhorn bin ich als Kind nie eingeschlafen. Eng umklammerte ich das kleine Horn, mit dem mich das Tierchen in meinen Träumen verteidigt hat. Dann kam es wieder zu mir, schmiegte sich an mich, ich sah ihm in die Augen und fühlte mich geborgen. Das Stoffeinhorn – es schenkte mir Geborgenheit als Kind. Das Buch-Einhorn – nimmt es nun seinen Platz ein?

Wie zart das Einhorn wirkt auf dem Titelbild. Blutspuren sind an seinem Körper. Es schaut mich nicht an, sondern blickt von mir weg. Ein kostbares Halsband schliesst sich um seinen Hals, ein runder Zaun um den Körper. Das Horn schraubt sich in Windungen empor. Gespaltene Hufe und ein Bärtchen wie ein Ziegenbock. Der Schwanz gelockt. Aber die Gestalt eines Pferdes.

Ein wunderliches Pferdchen, gefangen gehalten, verletzt. Und doch gefasst, kein Aufbegehren. Um den Baum hinter seiner Mähne schlingt sich eine Kordel, die die beiden Buchstaben A und E verbindet. Blumen auf grünblauem Hintergrund umrahmen das Fabelwesen.

Die Augen des Einhorns blicken in die Ferne. Möchte es fliehen? Es ist eingesperrt, dingfest gemacht. Aber der Zaun ist niedrig. Mit Leichtigkeit könnte es darüber hinwegsetzen. Es will nicht. Vom Leben abgeschnitten, hat es sich in sein Los ergeben. Was ist dieser Schicksalsergebenheit vorangegangen? Ein Kampf vielleicht? Die Verletzungsspuren weisen darauf hin.

Aufmerksam sitzt es da, wartet. Auf was?

14. Februar

Gestern in der Bibliothek hab ich die Angel ausgeworfen. Mit ein paar Brocken dran über ein Buch mit leeren Seiten, das auf meinem Tisch lag. Keine Reaktion, nur Susann wurde neugierig. Ich hab das Thema fallen lassen.

Eigentlich spielt es keine Rolle, von wem das Geschenk ist. Wenn es denn ein Geschenk sein soll. Ich hab die Fährte des Einhorns aufgenommen, das ist wichtig.

Die Fährte führte mich in den Saal der Unibibliothek. Die Bibliothekarin zeigte mir, wie ich ihr System, das mir fremd war, benützen kann. Auf Tastenbefehl ist das Einhorn am Bildschirm aufgetaucht und ein paar Titel dazu. In unserer Welt ist alles so einfach, Tastendruck genügt.

Eine halbe Stunde später lagen einige Büchlein vor mir, und ich hab sie sorgfältig, wie wenn sie zerbrechlich wären, in meine Tasche gleiten lassen. Ein paar Bücher bestellen sie mir noch in anderen Bibliotheken, ich kann sie im Lauf der nächsten Woche abholen.

Zu Hause legte ich die Bücher vor mich auf den Tisch. Staunte sie an wie Schatzkästchen, auf die ich unverhofft gestossen war. Ich hatte den Schlüssel, musste die Bücher nur öffnen. Würden sie mir das Geheimnis des Einhorns lüften? Endlich überwand ich meine Scheu, begann zu blättern, las einzelne Passagen, schaute Bilder an. Den ganzen Abend.

Ich beginne das Einhorn zu entdecken, seine Spuren zu deuten. Es gibt viele Spuren. Spuren, die sich durch Jahrhunderte und durch verschiedene Kulturen ziehen. Ich muss diese Fährten lesen lernen. Sie zu einem Muster, zu einem Bild zusammensetzen.

Im Altertum bin ich hängen geblieben. Bei Namen wie Ktesias, Megasthenes, Aelian. Weit entfernte Namen, die eine frühe, fremde Welt heraufbeschwören. Ich spüre den Lauten dieser Namen nach. Stosse mit der Zunge gegen die ungewohnte Konsonantenfolge bei Ktesias. Denke an fliessende Grösse bei Megasthenes. Lasse mich auf Aelians Schwingen in die Luft tragen.

Die drei Männer haben das Einhorn dingfest zu machen versucht, ohne es gesehen zu haben.

Schon bei Ktesias nimmt es viel Farbe und Raum ein.

In Indien gibt es wilde Esel, die den Pferden gleich, nur grösser sind; der Leib ist weiss, der Kopf purpurrot, die Augen dunkelblau; auf der Stirn haben sie ein Horn von der Länge einer Elle. Abgefeilte Teilchen desselben werden in einen Trank getan und sind ein Schutzmittel gegen tödliche Stoffe (Gifte); der untere Teil des Hornes, gegen die Stirne zu, ist in einem Umfange von zwei Handbreiten ausserordentlich weiss, der obere Teil, der spitz ist, dagegen hochpurpurrot, der mittlere schwarz.

Auch Megasthenes berichtet von einem phantastischen Wesen aus Indien.

Das Einhorn – im Orient wurde es «Kartazoon» genannt – war so gross wie ein Pferd und hatte eine Mähne gleich ihm. Es besass den Kopf eines

Hirsches, ungegliederte Füsse ähnlich wie die des Elefanten, einen geringelten Schwanz wie der vom Schwein. Sein Fell war von falber Farbe. Zwischen den Brauen stand sein schwarzes Horn, das scharf, spitz und gewunden war. Das Kartazoon war von unbezwinglicher Stärke, doch vertrug es sich mit den anderen Tieren. Es war nur in der Brunftzeit zu töten, weil es dann etwas von seiner Stärke einbüsste. Sonst war es sehr scheu und nur selten zu sehen. Allein der misstönende, laute Klang seiner Stimme verriet seine Anwesenheit.

Das Kartazoon mahnt mich an ein Tier, das ich als Mädchen aus Lehm geformt habe. Es sollte ein Reh werden. Aber dann wuchsen ihm plötzlich die kleinen Hörner eines jungen Ziegenbocks, die untergeschlagenen, gedrungenen Beine glichen Kuhbeinen, und das Maul mahnte an eine Hundeschnauze. Die Mutter verfolgte die Entstehung des Zwitters mit hochgezogenen Augenbrauen. Als ich zum Farbkasten griff und den Rehhundbock mit dunkelgrüner Farbe bepinselte, auf die ich rote Punkte setzte, schüttelte sie den Kopf. Das ging ihr zu weit. Meine Basteleien warf sie nie weg, aber der Rehhundbock widerstrebte ihr, und er verstaubte zuhinterst auf dem Büchergestell. Von dort hob ich ihn manchmal ans Licht, blies den Staub weg und lachte ihm zu. Ein letztes Mal zog ich ihn hinter den Büchern hervor, als ich die Wohnung der Eltern räumte. Du und ich, wir passen nicht ganz zu den andern, nicht wahr, flüsterte ich ihm zu. Ich musterte ihn kurz, strich über die roten Punkte auf seinem Rücken und steckte ihn in den Kehrichtsack.

Aelian, der Italiener, orientierte sich an den Griechen Ktesias und Megasthenes. Obwohl er Italien nie verlassen hatte, sprach er fliessend griechisch.

In diesen Gegenden (im Innern Indiens) soll auch das Einhorn leben und «Kartazonos» genannt werden. Es habe die Grösse eines ausgewachsenen Pferdes, der Hals und seine Wollhaare seien gelblich, die Füsse ausge-

zeichnet, schnell und nicht gegliedert, gleich denen des Elefanten, der Schwanz gleich dem des Ebers. Zwischen den Augenbrauen habe es ein Horn, das nicht glatt sei, sondern einige Biegungen von Natur habe, schwarz von Farbe und sehr spitz sei, seine Stimme sei die widerlichste und stärkste.

Die Beschreibungen dieser phantastischen Wesen verfolgen mich bis in den Traum. Blaues Horn gelber Körper Elefantenfüsse, gewundenes Horn roter Kopf Eberschwanz ... Zu immer neuen Tieren mutieren die Einhörner und verschwinden wieder.

Aber ein Satz von Aelian geht mir nicht aus dem Kopf: *Sie verfolgen heisst, poetisch gesprochen, dem Unerreichbaren nachjagen.*

15. Februar

Sonntagabend.

Wieso diese plötzliche Leidenschaft für ein Fabeltier? Ich verstehe mich selbst nicht mehr. Stunde um Stunde sitze ich hinter den Büchern. Ich habe beschlossen, mich durch die Geschichte des Einhorns zu arbeiten, werde dem Tier von seinen Anfängen bis zur Gegenwart folgen. An Systematik bin ich als Bibliothekarin gewöhnt. Ich weiss nicht, wie viel mir bleiben wird von dieser ausufernden Geschichte, die sich durch die Jahrhunderte zieht.

Eins ist schon jetzt klar. Einzelne Stationen und Episoden auf dem Weg des Einhorns drängen sich mir auf, sie suchen ihren Weg in dieses Buch.

Mein Kopf schwirrt heute Abend. Aber etwas ist da, hat sich festgesetzt. In China hiess das Tier Chilin. Es entstieg dem Gelben Fluss in Gestalt eines Kalbs, war mit glänzenden Schuppen bedeckt und hatte auf der Stirn ein silbernes Horn. Nur in glücklichen Zeiten tauchte es auf, belohnte weise Herrscher mit seinem Erscheinen. Sein Körper leuchtete in den fünf heiligen Far-

ben, es ging über Wasser wie über Land, sein Schritt war harmonisch, seine Stimme klang wie Musik.
Ein ausgeglichenes, weises Wesen. So möchte ich sein. Aber so bin ich nicht. Meine Schultern sind eckig, ich stosse an, ziehe mich zurück. Über Wasser gehen wie über Land. Davon träume ich. Nur selten gelingt mir dieser schwebende, abgehobene Zustand, wenn nichts an mich herankommt.
Dem Chilin wurde das Element Erde zugeordnet. Ein Widerspruch. Wie soll es erdgebunden sein, wenn es über Wasser schreitet. Ich sehe es mit den Elementen Wasser und Luft verbunden, sehe es dem Wasser entspringen oder in die Luft abheben. Es rinnt durch die Hände wie Wasser, lässt sich nicht greifen wie Luft. Es schreitet über die Erde, die es kaum berührt, und weiter über das Wasser, bis es sich im feinen Sprühregen auflöst.
Da sind noch andere Widersprüche beim Chilin. Es taucht auf als Axishirsch mit wolfsartigem Kopf oder Drachenkopf, trägt einen Schildkrötenpanzer oder Flügel, hat Pferdehufe oder Klauen. Meine Vorstellungen verschwimmen. Ich weiss nicht, was ich glauben soll, Reptil, Hirsch, Wolf oder Drache.
Diese Zwitterwesen. Man scheiterte am Unvermögen, noch nie Gesehenes und Gewesenes zu einem Tier zu formen, die Phantasie reichte nicht aus. Also setzte man das Einhorn aus bereits bekannten Tieren zusammen, schuf Zwitter.
Und die Folge? Immer wenn ich meine, es fassen zu können, entzieht es sich in anderer Gestalt.

18. Februar

Heute blätterte ich in den neuen Büchern.
Und da war es plötzlich. Ein Einhorn, verwandt mit dem Wesen auf meinem Buch. Dieselbe milchig weisse Farbe, dieselbe Haltung, derselbe hoch gedrehte Schweif und das gleiche spitze, gewundene Horn.

Der Unterschied: Mein Einhorn blickt entsagend in die Ferne, ein kostbares Halsband markiert seine Zähmung und eine unauffällige Kette, die ich anfangs nicht bemerkte, fesselt es an den Baum.

Das andere Einhorn ist frei. Es hat seine Beine vertrauensvoll auf den Schoss einer vornehmen Frau gelegt und blickt zufrieden, vielleicht eine Spur eitel, in den Spiegel, den sie ihm hinhält. Rötlicher Tausendblumengrund. Eine grüne Insel darauf, mit zwei Bäumen, Blumen und kleinen Tieren. Ein Löwe, der eine Standarte hält. Die Dame, die ihre Hand auf die Mähne des Einhorns legt und ihm gleichgültig den Spiegel hinstreckt. Das Einhorn, das sich lächelnd betrachtet.

Dieses Bild hat mich getroffen. Ich muss es mit eigenen Augen sehen, nicht nur in dieser Wiedergabe. Von Angesicht zu Angesicht. Ich will dieser Dame gegenüberstehen, will mit meinen Fingern über das Einhorn streichen.

Ich habe die Bildunterschrift gesucht. Teppich aus der Gobelin-Serie «Die Dame mit dem Einhorn» im Musée de Cluny in Paris, stand da.

Paris. Die Teppiche könnten irgendwo sein, in London, Wien, Brüssel, Berlin, ich würde hinfahren.

Aber nicht nach Paris. Paris habe ich seit einundzwanzig Jahren nicht mehr besucht. Ich will es nicht wieder sehen. Paris zählt zu den Dingen, die ich hinter mir gelassen habe.

Rahel

Das Telefon schrillte. Sibyl schreckte von ihrem Stuhl hoch, und das Buch mit dem anderen Einhorn fiel zu Boden. Wie sie diesen Apparat hasste, der einen aus fremden Welten zurückholte, aus Tagträumen und aus dem Schlaf riss. Sie überlegte einen Moment, aber nach dem fünften Klingeln nahm sie den Hörer ab.

Du bist es, Marianne, begrüsste sie die Freundin knapp. Marianne liess sich nicht irritieren. Sie wollte ihre Entschuldigung anbringen. Hatte den Geburtstag der Freundin vergessen und ihr erst heute, eine Woche zu spät, eine Packung Champagnertruffes in den Briefkasten gelegt.

Ja, Sibyl hatte die Truffes gefunden und in den Kühlschrank gestellt, sie bedankte sich. Marianne konnte nicht wissen, dass sie keinen Appetit auf Süsses verspürte. Sie hatte in den letzten Monaten abgenommen, war fast mager. Vielleicht konnte sie die Truffes an einem der Einhorn-Abende als Ersatzessen brauchen. Zuerst die Torte und jetzt die Truffes, was muteten sie ihr nicht alles zu.

Marianne hatte inzwischen weitererzählt, sie war wieder bei Rahel angelangt, ihrer fünfzehnjährigen Tochter. Sibyl wusste von Mariannes Sorgen mit der Tochter, die ihr Patenkind war. Ähnliche Klagen hatte sie schon öfter gehört.

Diese Frechheiten, das kannst du dir nicht vorstellen, Sibyl. Sie kommt von der Schule heim, verschwindet in ihrem Zimmer und wirft die Tür hinter sich zu. Wenn ich klopfe und rufe, schliesst sie die Tür ab. Dreht die Musik auf.

Sibyl sagte nichts, sie kannte Mariannes Litanei. Was sollte sie auch antworten.

Und jetzt noch das, insistierte Marianne. Sie kommt immer später nach Hause, fährt nach der Schule oft in die Stadt. Trifft sich dort anscheinend mit einem Freund. Eine Nachbarin hat sie mit einem fremdländischen Mann am Bärenplatz gesehen, sie sassen im Café. Warum sprichst du sie nicht darauf an, warf Sibyl ein. Ach, du verstehst das nicht, Sibyl, du hast keine Kinder. Wenn ich sie zur Rede stelle, gibt es wieder Streit und Türenschlagen. Wenn nur Kurt mehr zu Hause wäre und eingreifen könnte. Aber er ist fast nie daheim. Rahel entschuldigt sich nicht für ihr Wegbleiben, sie ignoriert mich. Öfter steht das Essen fertig auf dem Tisch, und niemand ist da. Marc hat sich irgendwo versäumt, Kurt bleibt wieder mal länger im Institut. Von Rahel keine Spur. Ich mag auch nicht essen unter diesen Umständen, räume alles wieder ab. Wenn du nur wüsstest, Sibyl.

Sibyl wusste. Sie war sich auch bewusst, dass sie Marianne, ihre Freundin aus früheren Bibliothekszeiten, manchmal um Rahel beneidete. Diese Tochter, die sie nie haben würde. Aber an Rahel konnte sie ein bisschen teilhaben. Sie bot Marianne an, mit Rahel zu reden. In einem Café irgendwo in der Stadt oder bei sich zu Hause.

Für einen Abend würde sie die Bücher zur Seite schieben. Das machte sie schliesslich auch am Donnerstag, wenn sie ins Hallenbad schwimmen ging und anschliessend die Sauna besuchte. Schwimmen und schwitzen, alles vergessen. Der Schweiss, der an ihr abperlte, und alles mit ihm. Die Bibliothek, die Eltern und Malik. Malik, der schon weit weg war. Zwanzig Jahre. Und in den letzten Monaten Andreas. Früher auch Kurt. Ja, auch Kurt, Mariannes Mann. Aber das lag weit zurück.

Sibyl hatte sich gehäutet, mehrfach gehäutet. Schicht um Schicht hatte sich von ihr gelöst, Menschen waren von ihr abgefallen, und nur Sibyl zurückgeblieben. Allein. So fühlte sie sich am wohlsten.

Aber für Rahel würde sie ihr Alleinsein einen Abend lang aufgeben. Bis jetzt hatte sie immer einen Weg gefunden zu diesem Mädchen, das sie insgeheim bewunderte. Lehnte sich auf gegen die Eltern. Rebellierte. Und war doch so verletzlich.

Marianne hatte Sibyl mit einem Wortschwall der Dankbarkeit eingedeckt, Sibyl wehrte ab. Sie konnte nichts versprechen, aber sie würde Rahel anrufen, morgen, bestimmt. Vielen Dank, nochmals, Marianne. Ich lasse Kurt grüssen. Gute Nacht.
   Sibyl nahm das Buch nicht wieder vom Boden auf, knipste die Tischlampe aus und verliess das Zimmer. Sie ging zum Kühlschrank, öffnete ihn ruckartig, griff sich die Champagnertruffes, riss die Packung auf und stopfte ein paar Truffes in sich hinein. Sie stand im Licht des Kühlschranks in der dunklen Küche und horchte auf sein Surren. Dann warf sie die Kühlschranktür hinter sich zu und ging zurück ins Zimmer, machte kein Licht an, streifte sich einfach die Kleider vom Leib und schlüpfte in den Schlafanzug.
   Kein Waschen, kein Zähneputzen heute. Sie war kein kleines Kind mehr, das tun musste, was Mutter und Vater verlangten. Sie war Sibyl, erwachsen und eigenständig. Ging direkt ins Bett, zog die Decke bis unters Kinn. Aber die Augen blieben offen.
   Liebes Mädchen, böses Mädchen. Zur Strafe kannst du nicht schlafen. Ich habe es immer gesagt. Es kann nicht gut kommen. Du hättest auf mich hören sollen. Ja, Mutter, ja, Mutter. Ich hätte auf dich hören sollen. Beim Zähneputzen und in Paris. In Paris besonders. Und auch in Bern. Malik. Malik. Das war nie dein Zuhause.

Rahel rührte in ihrem Tee. Sie warf das zweite Stück Zucker in die milchige Brühe und schaute auf das klebrige Gemisch, das von ihrem Löffel zurück in den Tee tropfte. Sibyl, die ihr gegenübersass, hatte die Hände um das Teeglas gelegt, wie wenn sie sich aufwärmen möchte. Sie blickte in die Schneeflocken, die draussen vor der Scheibe tanzten. Die Dämmerung schluckte die Flocken, und nichts blieb zurück.
   Die Fünfzehnjährige hielt sich gern bei Sibyl auf. Klar, die ungewohnte Ruhe hier konnte einen kribblig machen. Aber heute hätte sie ewig im Tee rühren und an nichts denken können. Si-

byl drängte sie nie, das hatte sie schon immer an ihrer Patin geschätzt.

Zu Hause drehte sich alles um Marc mit seiner lauten Art, seinen Schulproblemen, seiner Ungeschicklichkeit. Marc hatte ein leichtes POS-Syndrom, sie wusste es. Aber er war dadurch nicht einfacher zu ertragen. Früher hatte er ihr die Spielsachen kaputt gemacht, jetzt drang er mit seinen Kollegen einfach in ihr Zimmer ein, störte sie, ärgerte sie mit seinem kindischen Getue. Die Mutter bemühte sich zu vermitteln, nahm Marc in Schutz wie immer. Rahel war gross, Rahel war vernünftig, sie hatte doch früher immer auf den Bruder aufgepasst.

Rahel wollte den ungelenken Marc nicht mehr verstehen. Jahrelang hatte sie sich vor ihn gestellt, jetzt sollte er selbst schauen, sie hatte ihre eigenen Probleme. Sie war laut geworden, war nicht mehr die artige Rahel, die verständige Rahel, der Stolz der Familie, das Kind, bei dem Vater und Mutter aufatmen konnten. Das brave Kind, ein angenehmes Gegengewicht zum schwierigen Kind. Seit einiger Zeit war alles anders. Rahel war trotzig, Rahel war frech. Rahel nahm kein Blatt vor den Mund, sie machte, was ihr passte. Liess die nörgelnde Mutter hinter sich zurück, und die Tür fiel ins Schloss. Sollte die Mutter doch mit dem Vater ihre Probleme besprechen. Rahel wollte ihr eigenes Leben leben. Sie war nur für sich zuständig, nicht für den Bruder und nicht für die Mutter. Und ganz sicher nicht für den Vater, der sein Leben an der Uni verbrachte, was ging sie das an.

Sibyl war in der Küche verschwunden und kam mit einem Schälchen Champagnertruffes zurück, die sie Rahel hinschob. Sie behandelte sie wie eine Erwachsene. Rahel nahm sich ein Truffe und liess es auf der Zunge zergehen.

Sprichst du mit meiner Mam über das, was ich dir sage?

Nein, Rahel, es bleibt unter uns. Sie weiss nur, dass wir zusammen reden.

Okay, ich möchte dir von Asmir erzählen. Asmir ist bosnischer Flüchtling, ich habe ihn in der Reithalle kennen gelernt.

Er ist mit seiner Mutter und seiner Schwester aus Sarajewo geflohen, auf abenteuerlichen Wegen haben sie die Schweiz erreicht. Sein Vater war in einem Gefangenenlager und ist verschollen. Ende April muss Asmir wahrscheinlich ausreisen, sie haben Verwandte in Sarajewo. Er spricht gut Berndeutsch, im Gegensatz zu seiner Mutter, die fast kein Wort Deutsch kann.

Rahel hielt einen Moment inne. Asmir hat viel mehr erlebt als meine Klassenkollegen. Wenn er von den Strassenkämpfen in Sarajewo oder von seiner Flucht erzählt, habe ich das Gefühl, das ist wirkliches Leben. Bei uns zu Hause geht es nur um Vaters Karriere, um Mutters Beschäftigung mit Marc und ihr Herumnörgeln an mir. Da ist keine Luft. Keine Luft zum Atmen.

Rahel hatte sich ereifert, sie stürzte den Tee hinunter.

Sibyl rührte gedankenverloren in ihrem zweiten Glas Tee. Wie muss ich mir Asmir vorstellen?

Also. Er ist sechzehn, ein Jahr älter als ich. Gross, schwarzes, kurz geschnittenes Haar. Aber das sind nur Äusserlichkeiten. Er ist sehr nett, hat Zeit und kann gut erzählen. Ich könnte ihm stundenlang zuhören. Wir sitzen ganze Nachmittage zusammen. Asmir hat's zwar schwierig, aber bei ihm geht es ums Wesentliche. Um Leben und Tod. Ums Überleben. Ich möchte ihm helfen. Aber das geht nicht. Sie lassen uns keine Zeit, schieben ihn einfach ab. Wo doch die Wohnung in Sarajewo zerstört ist, der Vater wahrscheinlich tot und die Familie keine Lebensgrundlage mehr hat.

Bist du verliebt in Asmir?

Rahel senkte den Kopf, schaute in den Tee, den ihr Sibyl nachgeschenkt hatte. Ja, ich mag ihn sehr. Aber wir können nie richtig allein sein, bei ihm sind Mutter und Schwester zu Hause. Zu mir kann ich ihn nicht nehmen, das kannst du dir denken. Wir trinken Cola auf dem Bärenplatz, ich höre ihm zu, wenn er von dieser fernen Kriegswelt erzählt, möchte immer noch mehr wissen, und manchmal machen wir einen Spaziergang durch die Altstadt oder sitzen auf einer Bank auf der Münsterplattform. Wir legen unsere Hände aufeinander, manchmal lehne ich mich ein bisschen an ihn, ein paar Mal hat er mich geküsst.

Rahels Kraushaar war wie ein Vorhang vors Gesicht gefallen.

Asmir, dieser weiche Klang. Sibyl stellte sich einen jungen Mann vor, zwischen zwei Kulturen gefangen, der gezwungenermassen in den Tag hineinlebte, nirgends dazugehörte und in Rahel wenigstens eine Zuhörerin gefunden hatte. Mit ihr konnte er über alles reden, beim Reden seine Erlebnisse loswerden, sich vielleicht auch darüber klar werden, wie es jetzt weiterging. Die drohende Rückschaffung.

Von was lebt Asmir?

Nur von dem, was ihm als Flüchtling zusteht, und davon gibt er zu Hause ab, er hat nichts mit Drogen zu tun! Rahels Stimme überschlug sich.

Schon gut, das hab ich auch nicht gemeint, Rahel. Ich denke aber, fuhr Sibyl fort, dass du Asmir doch einmal nach Hause mitnehmen könntest. Deine Mutter weiss nichts von ihm. Gib ihr doch eine Chance, sprich mit ihr, sprich auch über Asmir. Wenn sie nicht will, kannst du mit Asmir zu mir kommen. Ich lade euch zu einem Abendessen ein.

Ein weiterer Abend dahin? Sibyl hatte sich hinreissen lassen. Aber schon schnellte Rahel hoch, umarmte die Patin. Sie schaute Sibyl an, wieder weg, setzte zum Reden an, hielt inne.

Was ist, Rahel, fragte Sibyl. Sag doch.

Ich ... muss dich etwas fragen. Warst du nicht einmal verheiratet, mit einem Ausländer? In Mams Adressbüchlein bist du nicht unter Wiegand, sondern unter einem anderen Namen zu finden. El ... El ... Rahel stockte.

El Badri, sagte Sibyl ruhig. So lautet mein offizieller Name. El Badri-Wiegand. Sie schwieg einen Moment, Rahel rutschte unruhig auf dem Stuhl hin und her. Das ist lange her, weisst du. Ein Jahr war ich verheiratet mit Malik El Badri, einem gebürtigen Marokkaner.

Rahel tönte erregt. Hast du dich scheiden lassen von ihm?

Nein, Malik ist tot.

Er starb, während ihr verheiratet wart? Rahel schämte sich für ihre Neugier, aber sie konnte sich nicht zurückhalten. Auch bei Asmir liess sie nie locker.

Ja, ein Unfall.

Rahel wagte nicht, weiterzufragen. Es war auch nicht wichtig. Mehr interessierte sie die Zeit, als Sibyl mit Malik zusammenlebte. Wo hast du ihn kennen gelernt, fragte sie weiter.

Ist das ein Verhör, Rahel, wehrte sich Sibyl. Sie erhob sich, trug das leere Schälchen in die Küche zurück.

Rahel schaute der schmalen Gestalt nach. Zu ihr war Sibyl immer offen, freundlich. Aber Rahel hatte sie letzthin beobachtet im Gespräch mit dem Vater. Spröd war sie, unzugänglich. Gegenüber der Mutter gab sie sich gelöster, manchmal ungeduldig. Ihre hellbraunen Augen blickten einen direkt an, oder sie verloren sich in weiter Ferne. Sie wirkte jünger als Vater und Mutter, die im gleichen Alter waren, ihr Gesicht und ihr Körper hatten etwas Mädchenhaftes. Vielleicht fühlte sie sich ihr deshalb so nahe.

Sibyl kam zurück und setzte sich wieder Rahel gegenüber.

Entschuldige, sagte Rahel, ich wollte dich nicht aushorchen. Ich hab nur gedacht, dass es dir vielleicht mit Malik ergangen ist wie mir jetzt mit Asmir.

Ist schon gut, sagte Sibyl. Du bist die Einzige, die mich direkt zu Malik fragt. In der Bibliothek haben sie getuschelt, aber das ist lange her.

Sie schaute zum schwarz gewordenen Fenster, dessen Scheiben Rahels Rücken spiegelten und sie selbst dahinter. Ich habe Malik in Paris kennen gelernt, als ich dort nach der Matura einen halbjährigen Sprachkurs besuchte.

In Paris? Rahel begann zu träumen. Dorthin möchte ich auch fahren. Vielleicht wie du nach der Matura? Aber das geht noch dreieinhalb Jahre, so lange.

Ja, bestätigte Sibyl, eine lange Zeit.

Hast du nicht einen Stadtplan in deinem Büchergestell? Du könntest mir zeigen, wo du damals gelebt hast. Im Quartier Latin war's? Warte, ich erinnere mich, wo der Plan steckt.

Rahel, die die Wohnung der Patin von verschiedenen Ferienaufenthalten kannte, erhob sich und war mit zwei Schritten in Sibyls Schlaf- und Arbeitszimmer.

Sibyl hielt sie nicht auf. Asmir schien vergessen, Malik auch, nur Paris war interessant. Gut so.

Eine Weile blieb es still im Schlafzimmer, dann kam Rahel mit einem Buch in der Hand zurück. Du, Sibyl, dieses Buch habe ich gefunden, aufgeschlagen auf dem Boden, mit diesem Bild. Ein Einhorn mit einer vornehmen Dame. Das Bild gefällt mir.

Sibyl drehte sich um, sie sagte nichts.

Das Mädchen näherte sich und legte das aufgeschlagene Buch vor Sibyl auf den Tisch. Du, da steht ja, dass dies ein Teppich ist aus einem Museum in Paris. Genau unser Thema. Rahel war erstaunt, dass die Patin nicht auf ihre Entdeckung reagierte.

Sibyl starrte auf das Bild vor ihr. Ja, sagte sie, dieser Bildteppich wird in Paris aufbewahrt. Sie nahm einen letzten Schluck vom kalt gewordenen Tee, um ihre trockene Kehle zu befeuchten. Ich möchte ihn sehen. Aber ich fahre nicht nach Paris.

Wieso nicht? Rahel insistierte. Du bist doch genauso fasziniert wie ich, stimmt's? Darum war das Buch aufgeschlagen?

Sibyl nickte.

Also, wieso fährst du nicht hin? Du musst nicht noch dreieinhalb Jahre warten, bis du frei bist, wie ich. Du hast Geld und kannst tun, was du willst, bist niemandem verpflichtet. Morgen kannst du dich in den Zug setzen.

Lass das, Rahel, du meinst es gut, ich weiss. Aber Paris ist für mich mit zu vielen Erinnerungen verbunden.

Das Mädchen überlegte. Versuch es doch. Paris ist eine grosse Stadt. Du musst nicht an die alten Plätze zurückkehren, wenn du nicht willst. Fahre hin, es tut dir gut, du wirst sehen. Und schreib mir eine Karte, bitte, fügte sie hinzu.

Jetzt berätst du mich, und dabei hat dich deine Mutter hergeschickt, damit ich mit dir rede, stellte Sibyl fest.

Wir können uns doch gegenseitig beraten, wandte Rahel ein, ich bin alt genug. Ich rede mit Mam, okay, auch über Asmir, aber du fährst nach Paris. Versprochen?

Sibyl lenkte ein. Versprochen, sagte sie und lächelte Rahel zu, als sie sich erhob und die Teegläser zusammenräumte.

23. Februar

Ich schreibe so selbstverständlich in das Buch, wie wenn es mir schon lange gehören würde. Es ist mein Buch geworden, mein Buch des Einhorns. Ich kann ihm alles mitteilen, wie einem Freund, und es ist immer für mich da.

Das Buch soll es gleich wissen. Nach Paris fahre ich. Ich reise wirklich nach Paris. Nach Rahels Besuch habe ich das ganze Wochenende mit mir gekämpft, und jetzt ist alles klar. Ich werde die Teppiche der Dame mit dem Einhorn sehen. Mitte März ist es soweit, eine Spur Frühling wird in der Luft sein. Von Donnerstag bis Montag bin ich weg.

Das Ferienvisum ist schon eingeholt. Andreas sah mir nicht in die Augen, er weicht mir aus. Die Begegnungen mit ihm sind schwierig geworden. Er verschliesst sich, und wenn ich in sein Büro trete, schaut er kaum auf. Was habe ich ihm angetan?

Er wollte mir zur Seite stehen, und ich hab ihn benutzt.

Andreas lebt in einer anderen Welt, einer geordneten Welt. Ich hätte seine Hilfe nie akzeptieren dürfen nach dem Tod der Mutter. Hätte ihn selbst nie annehmen dürfen. Habe es doch getan. Mich schuldig gemacht gegenüber einem Mann wie Andreas, der es ernst meint, der Prinzipien hat. Gegenüber ihm, der sich selbst verraten hat für mich.

Habe ich nicht auch andere verraten? Bin ich Rahel gerecht geworden? Rahel mit ihrem Asmir. Wie gut verstehe ich ihre Sehnsucht nach der Ferne, nach dem wirklichen Leben. So ähnlich war ich auch mit fünfzehn. Aber ein Asmir wäre damals nicht möglich gewesen.

Asmir, dieser Name, der die Lippen umschmeichelt. Malik tönt anders. Warm, voll am Anfang, und dann das K am Schluss, ein K wie ein Widerhaken.

Seinen Namen kann man nicht auswählen. Und doch glaube ich, dass der Klang des Namens etwas über die Person aussagt. Oder umgekehrt, dass sich die Person dem Namen angleicht.

Malik, wieso habe ich es Rahel nicht erzählt.

Ich war so allein in diesem Pariser Winter. Es war ein beissend kalter Tag, ich hatte eine Crêpe au chocolat in der Hand. Ich brauchte etwas, das mich aufwärmte. Neben dem Crêpestand war ich stehen geblieben, drückte mich an eine Hauswand, beobachtete die Passanten mit ihren hochgeschlagenen Kragen. Da tropfte die Schokolade auf meinen Mantel, ich schälte die Crêpe aus der Serviette, fing an, abzutupfen und zu reiben.

Plötzlich ein Gesicht neben mir, ein junger Mann, der mir saubere Servietten reichte. Dankbar nahm ich sie an, putzte weiter am Mantel herum. Als nur noch eine feine, dunkle Spur auf dem Rot des Mantels auszumachen war, schaute ich auf. Der junge Mann, dunkles Haar, dunkle Augen, etwa gleich gross wie ich, stand neben mir und lächelte entschuldigend, wie wenn er für das Malheur verantwortlich wäre.

Der Flecken ist nicht ganz weg, Mademoiselle.

Macht nichts, sagte ich.

Er fasste mich leicht am Ellenbogen. Kommen Sie. Ich lade Sie zu einem Kaffee ein. Wir bestellen ein Glas Wasser, und Sie versuchen es nochmals am Tisch oder mit Seife in der Toilette.

Normalerweise nahm ich solche Einladungen nicht an, aber diesmal nickte ich, sass bald am Fenstertischchen eines Bistros. Die Seife in der Toilette brachte den Fleck zum Verschwinden. Nur der Mantelstoff, der an dieser Stelle etwas rauher war, mahnte später an den Schokoladeflecken.

Der junge Mann nannte seinen Namen. Malik. Weiche schwarze Strähnen umrahmten sein Gesicht mit der hellbraunen Haut. Er schaute mich eindringlich an, als ich aufstand, wollte mich wieder sehen. Aber er drängte sich nicht auf.

In einer Woche, zur gleichen Zeit, an diesem Tisch, sagte ich aus einer Laune heraus. So lange würde er nicht Geduld haben.

Als ich eine Woche später am Bistro vorbeischlenderte, sass er da, winkte mir, und ich konnte nicht anders, setzte mich zu ihm. So begann die Geschichte mit Malik.

24. Februar

Das Einhorn führt mich in fremde Länder und ferne Zeiten. Seit ich mich mit diesem Märchentier beschäftige, war keiner meiner Abende leer.

Heute hat mich das Einhorn nach Ägypten getragen unter die Herrschaft von Ptolemäus II. König Ptolemäus war griechischer Abstammung und galt als sehr gelehrt. Es war ihm wichtig, eine griechische Übersetzung des Alten Testaments zu besitzen für seine berühmte Bibliothek in Alexandria. Also sandte er zweiundsiebzig hebräische Gelehrte auf die Insel Pharos vor Alexandria, und sie lieferten die gewünschte Übersetzung in zweiundsiebzig Tagen. Septuaginta nannte man dieses Werk.

Septuaginta, wieder so ein Name, der mir wie ein fremdes Reptil über die Zunge kriecht. Aber der Name dieser Bibelübersetzung ins Griechische ist nicht das einzig Faszinierende. Die Gelehrten machten einen Fehler. Sie übersetzten das hebräische Re'em, womit wahrscheinlich der schon ausgestorbene Auerochse gemeint war, mit Monokeros, was Einhorn bedeutet.

4. Mose, Kapitel 23, Vers 22: *Gott hat sie aus Ägypten geführt, seine Freudigkeit ist wie eines Einhorns.*

So zog das Einhorn in die Bibel ein. Luther übernahm das Einhorn in seine deutsche Bibelübersetzung im 15. Jahrhundert, und das Einhorn war da, mitten im deutschsprachigen Raum, von der Bibel beglaubigt.

In späteren Jahrhunderten jedoch begann man am Einhorn zu zweifeln und entfernte es wieder aus der Bibel. Ich habe in meiner Zwingli-Bibel nachgeschlagen. Das Einhorn ist durch Wildstier, Wildochse oder Büffel ersetzt.

Schade. Diese Tiere verkörpern zwar Wildheit und Stärke, aber nicht Würde und Sanftheit. Auch diese Eigenschaften sehe ich im Einhorn.

25. Februar

Nosers haben vorhin geklingelt und mich zu einem Glas Wein eingeladen. Die Kinder schliefen, sie würden gern ein bisschen plaudern mit mir, sagten sie. Ich konnte nicht ablehnen und rutschte zwei Stunden lang auf meinem Stuhl hin und her. Ich mag sie gut, sonst hätte ich sie nicht in mein Haus genommen. Aber ihre Probleme mit den kleinen Kindern sind mir so fern.

Um zehn konnte ich mich zurückziehen. Ich setzte mich sofort hinter mein Buch, um die Folgen des Übersetzungsfehlers, durch den das Einhorn in der Bibel Einzug hielt, zu notieren. Weil das Einhorn in der Bibel war, tauchte es nachträglich auch im Schöpfungsbericht auf.

Zwei Legenden will ich festhalten.

Gott forderte Adam auf, den Tieren einen Namen zu geben. Alle Kreaturen versammelten sich um ihn. Das erste Tier, das Adam benannte, war das Einhorn. Als Gott diesen Namen hörte, kam er hernieder und berührte die Spitze des einzigen Hornes, das diesem Tier auf der Stirn wuchs. Von da an war das Einhorn erhöht über die anderen Tiere.

Als Adam und Eva aus dem Paradies vertrieben wurden, gab Gott dem Einhorn die Wahl, im Paradies zu bleiben oder die beiden Menschen zu begleiten. – Das Einhorn folgte Adam und Eva. Für sein Mitleid wurde das Einhorn mit besonderen Gaben gesegnet.

Sein späteres Verschwinden erklärte man in einer Sage aus Kleinrussland mit der Sintflut.

Alle Tiere gehorchten Noah, als er sie in die Arche nahm. Nur das Einhorn nicht. Das vertraute seiner Kraft und sagte: Ich will schon schwimmen! Vierzig Tage und vierzig Nächte gab es Regen, und das Wasser kochte wie in einem Topfe, und es wurden alle Höhen überschwemmt, und die Vögel klammerten sich längs der Arche an, und wenn die Arche sich neigte, so versanken alle. Jenes Einhorn aber schwamm und schwamm.

Als sich jedoch die Vögel auf sein Horn setzten, ging es unter, und so gibt's denn heute keine mehr.

Was mich beeindruckt: Das Einhorn hat es immer verstanden, sich unauffällig hineinzustehlen. Mitten in die Bibel, ins Paradies, in die Geschichten um die Sintflut. Aber so diskret, wie es auftaucht, macht es sich wieder davon.

27. Februar

Ich hab die Sintflutlegende noch einmal durchgelesen, mich gefreut und geärgert. Gefreut am lakonischen Ton. Geärgert über die Moral, dass Ungehorsam und Eigensinn bestraft werden. Wieso nicht dem Einhorn, diesem besonderen Tier, ein bisschen mehr Freiheit zugestehen, mehr Eigenwille?

Vielleicht müsste auch ich bestraft werden. Ich trage Schuld am Unglück nahe stehender Menschen, vielleicht an ihrem Tod. Keine Strafe ist mir auferlegt worden. Oder doch. Mein Leben hat angehalten in jener Sekunde. Es ist eingefroren, nichts hat sich mehr bewegt. Jeden Abend bin ich von der Bibliothek heimgekommen, habe das Licht im unteren Stockwerk gesehen, die Mutter am Herd. Wir haben zusammen gegessen, wenig gesprochen, etwas ferngesehen. Dann bin ich in meine Wohnung hochgegangen, habe mich schlafen gelegt. Samstage vergingen beim Einkaufen, Sonntage mit Kreuzworträtseln und Spaziergang. Jahraus, jahrein dasselbe, die Jahreszeiten kamen und gingen.

Eines Abends geriet ich in einen starken Regen. Das Wasser rann mir über Gesicht und Hals. Als ich in unsere Strasse einbog, blieb ich stehen und musterte die Häuserzeile. Unser Haus braucht dringend einen neuen Anstrich, dachte ich, der kleine Vorgarten ist verwildert. Im Nebenhaus, bemerkte ich, waren neue Leute eingezogen, und die kleine Wirtschaft an der Ecke war verschwunden, eine chemische Reinigung an ihrer Stelle.

Vielleicht hatte die Mutter davon gesprochen, ich weiss nicht, ich hörte oft nicht hin. Die Bäckerei war auch weg, aber ich kaufe sowieso nur beim Grossverteiler ein, das geht schneller, und ich brauche nicht zu denken und zu reden.

Ich lief weiter. Vor unserem Reihenhaus hielt ich einen Moment inne, blinzelte und stellte fest, wie gebückt die Haltung meiner Mutter war, die wie üblich in der Küche hantierte. Ich schaute auf meine Handgelenke, die von feinen Linien gezeichnet waren.

Das Leben war, von uns unbemerkt, weitergegangen. Ich hatte es nicht wahrhaben wollen, obwohl ich wusste, dass Mutter beim Zeitunglesen zusammenzuckte, wenn sie wieder die Todesanzeige eines alten Bekannten fand.

28. Februar

Samstag. Heute kaufte ich für das Wochenende ein und putzte die Wohnung. Beim Staubsaugen hatte ich einen eintönigen Singsang im Ohr. Gut böse gut böse. Am Morgen hatte ich in einem der Bücher gelesen, dass das Einhorn nicht nur als gut eingeschätzt wurde, schlimmstenfalls hochmütig, sondern auch als böse. Wild – sanft, gut – böse. Die Gegensatzpaare fanden sich in diesem Tier.

Hilf mir aus dem Rachen des Löwen und errette mich von den Einhörnern, heisst es in Psalm 22, 22 in alten Bibelübersetzungen. Das Einhorn wurde dort mit den Ungläubigen gleichgesetzt, all jenen, die sich gegen Christus und seine Lehre auflehnten. Sogar der Teufel konnte als Einhorn bezeichnet werden.

Umgekehrt symbolisierte gerade das Horn Christus selbst, wenn zum Beispiel der heilige Ambrosius, Bischof von Mailand, folgende Aussage machte:

Wer aber ist einhörnig, wenn nicht der eingeborene Sohn, das einzige Wort Gottes, das von Beginn an bei Gott war?

In meinem Kopf wirbelt alles durcheinander. Das Einhorn ist gut, das Einhorn ist böse. Es steht für Christus, aber auch für den Teufel.

Du lässt dich nicht fassen, Einhorn, in Glaubensdingen schon gar nicht. Man missbraucht dich für die eine und die andere Seite.

Du kommst gerade recht, wenn wieder einer mit rotem Kopf hinter seinen Schriften sitzt und es den Ungläubigen, als die er seine Gegner bezeichnet, zeigen will. Du wirst benutzt.

Aber ich muss nur die Augen halb schliessen, und dann sehe ich, wie du diese Glaubensfesseln abstreifst. Wenn sich die Eiferer abgewandt haben, um auf ihre Anhänger einzureden und ihre Gegner niederzumachen, senkst du den Kopf und steigst aus den Fesseln, die von dir abfallen. Unbeteiligt gehst du davon, du fliehst nicht, du bleibst nur deinem Wesen treu. Man kann dich nicht einsperren, nicht auf Dauer für irgendwelche Zwecke missbrauchen. Du verschwindest im nächsten Wald, und man sieht dich lange nicht mehr.

Besuch

Als Sibyl ihren Kaffeebecher aus dem Automat nahm, bemerkte sie Joris, allein an einem Zweiertisch. Sie ging immer frühzeitig in die Kantine, vor neun Uhr, manchmal war sie ganz allein. Wenn sich der Raum füllte, verliess sie die Kantine und setzte sich hinter ihre Bücher. So konnte sie fast eine halbe Stunde ungestört arbeiten, während Susann und die anderen gemeinsam Pause machten.

Gegen Joris hatte sie nichts, er war kein Schwätzer. Sie ging auf ihn zu, deutete auf den freien Stuhl, und er lud sie mit einer Handbewegung ein, sich zu setzen. Einige Minuten tranken sie stillschweigend in kleinen Schlucken den heissen Automatenkaffee.

Joris schaute Sibyl durch seine runde Nickelbrille an. Die ruhigen Stunden beim Katalogisieren sind vorbei, warf er hin und lachte. In der Erwerbsabteilung geht es fast so hektisch zu wie im Buchhandel. All die neuen Bücher, die wir bestellen und die sich bei uns stapeln ... es ist manchmal beängstigend. Spass macht die Detektivarbeit: das Durchforsten von Katalogen und Zeitschriften nach Hinweisen auf Schweizer Bücher, die uns entgangen sein könnten.

Sie nickte verständnisvoll. Während ihrer Ausbildung hatte sie auch einige Zeit in der Erwerbsabteilung gearbeitet.

Ich fahre am Donnerstag nach Paris, sagte sie plötzlich. Bis jetzt wusste nur Rahel von ihrem Reiseziel.

Paris? Joris war überrascht. Hast du ein bestimmtes Ziel?

Verschiedene Museen, sagte Sibyl ausweichend. Louvre, Orsay, Cluny ... Es fiel ihr kein anderer Museumsname mehr ein, den sie hätte nennen können.

Das gibt ja schon ein volles Programm, kombiniert mit den üblichen Sehenswürdigkeiten, Joris rollte lächelnd die Augen.

Die muss ich mir nicht ansehen, weisst du, ich hab mal ein halbes Jahr in Paris gelebt.

Seine hellen Augen streiften sie einen Moment. Er erinnerte sich an das, was ihm Susann erzählt hatte, als Sibyl einmal einen Tag krank gewesen war. Als Sibyl die Bibliotheksausbildung begonnen habe, sei sie bereits verheiratet gewesen. Sie habe einen Mann aus Paris mitgebracht, einen Nordafrikaner. Die Ehe sei nicht gut gegangen. Nach einem Jahr die Katastrophe, der Mann sei bei einem Unfall ums Leben gekommen, und Sibyls Vater ebenfalls. Einen Monat sei Sibyl krankgeschrieben gewesen, dann habe sie wieder gearbeitet, wie wenn nichts gewesen wäre.

Susann hätte noch weitere Auskünfte gegeben, aber Joris hatte sich dem Computer zugewandt. Er wusste genug. Sibyl war korrekt als Vorgesetzte und als Mitarbeiterin. Aber wenn man sich ihr zu nähern versuchte, entzog sie sich. Wie eine Muschel öffnete sie sich nur, um sich gleich wieder zu verschliessen. Und doch war es ihm geglückt, einige Male zu ihr vorzudringen. Er hatte einfach nicht locker gelassen und neue, andere Wege gesucht. Über die Geschichte, die Literatur war es ihm gelungen. Er hatte ihr von seiner Lizentiatsarbeit erzählt, über das Leben von Knechten und Mägden im 19. Jahrhundert. Sie hatte die Arbeit gelesen und ihm Fragen gestellt. Das erste Mal, schien ihm, hatte sie ihn richtig wahrgenommen. Sie interessierte sich für menschliche Schicksale, die andern waren ihr nicht gleichgültig. Ein anderes Mal hatte er über Gedichte einen Zugang zu ihr gefunden. Sie las gern Rilke und die Dichter der Romantik. Über die blaue Blume, das Symbol der Romantik, hatten sie gesprochen. Sie war ihm nahe gewesen, ihre hellbraunen Augen hatten seine gesucht. Die blaue Blume, hatte sie gesagt, gibt es nicht mehr.

Joris spürte, dass Sibyl unruhig wurde, weil er nicht sprach. Solche Auslandaufenthalte sind sehr wertvoll, sagte er banal und schob die Brille hoch. Ich habe den letzten Sommer in New York verbracht. Meine Assistenz an der Uni lief Ende Juni aus, die Bibliotheksausbildung habe ich erst im Oktober angefangen. Es

blieben mir drei Monate auf heissem Kulturpflaster, ich habe alles in mich aufgesogen, bin nie zur Ruhe gekommen.
Sie musterte ihn abwesend. In Paris, damals, ist es mir ähnlich ergangen. Aber es war Winter. Nur schon die kalte Feuchtigkeit trieb mich von den Strassen in die Museen, Cafés, Kinos und Theater.
Sibyl wollte ihm noch mehr erzählen von Paris, sie hatte plötzlich das Bedürfnis, zu reden. Aber in diesem Moment öffnete sich die Kantinentür, zwei Magaziner und zwei von der Ausleihe traten ein, und hinter ihnen Susann und ihre drei Freundinnen. Die vier sassen immer zusammen, lachten und schwatzten. Sibyl stiess den Stuhl zurück und erhob sich, Joris tat es ihr achselzuckend gleich. Sie verliessen gemeinsam die Kantine, Sibyl nickte ihm oben an der Treppe zu.
Joris wollte etwas sagen, sie zu einer Reaktion herausfordern, aber sie war schon weg. Er beobachtete, wie sie mit ihrem schwebenden Gang durch den Korridor entschwand. Gute Reise, rief er ihr nach. Sibyl drehte sich nicht um, sie zuckte nur mit den Schultern.

Als sie an diesem Abend im weissen Licht des Vorfrühlings auf ihr Haus zuging, suchte sie mit ihren Augen wie immer die Mutter. Die Küche war nicht erleuchtet, hatte keine Vorhänge, das passte nicht zur Mutter. Sie sah eine Silhouette, die sich über eine kleine Gestalt am Tisch beugte. Das war nicht die Mutter. Es war Frau Noser, die ihrem kleineren Buben Brei eingab. Nosers hatte sie die Wohnung im Erdgeschoss vermietet, als sie die Möbel und die vielen Dinge der Eltern, die sich in einem halben Jahrhundert ansammelten, endlich geräumt hatte. Der ältere Bub der Nosers, sah sie jetzt, sprang im Vorgarten herum, er winkte Sibyl, sie winkte zurück, ging aber nicht zu ihm, sondern hinauf in ihre Wohnung. Sorgfältig öffnete sie das Fenster im Schlafzimmer, damit der Bub nichts hörte. Sie stellte sich in den Rahmen und folgte mit den Augen dem Vierjährigen, der wie ein Irrwisch hin- und hersauste, dem Ball nachrannte und unter den Büschen verschwand. Beim Getrappel der kleinen Füsse in der Wohnung unter ihr versank sie manchmal in Gedanken, bei Geschrei und Geheul zuckte sie zusammen, und doch war sie froh, die Nosers als Mieter zu haben. Dieses Haus war zu lange weg gewesen vom Leben.

Der kleine Remo wurde von seiner Mutter hereingerufen, der Garten versank in der Dämmerung.

Sibyl blieb am Fenster stehen. Sie sah ein kleines Mädchen im Kleidchen und den weissen Kniesocken der sechziger Jahre. Die blonden Haare im Pagenschnitt, der Körper feingliedrig und noch nicht hoch aufgeschossen. Sie war im Garten, wenn immer möglich. Da war die Mutter nicht hinter ihr her, im Garten war sie allein und frei. Sie folgte der Spur eines Donnerkäfers unter das Gebüsch. Im grünen Licht der Büsche blieb sie sitzen und spähte unter den Zweigen des Flieders hervor. Sie blinzelte zum ersten Stock empor. Dort stand das ältere Fräulein Stuber am Fenster. Es schaute nicht zu Sibyl, sondern mit starrem Blick in die Ferne. Sibyl hatte Angst vor dem schwarz gekleideten Fräulein Stuber. Manchmal stand es bewegungslos im Treppenhaus am Fenster, das weisse Gesicht abgewandt.

Noch mehr erschrak das Mädchen, wenn das Fräulein am Abend im Garten herumstrich. Am Abend hätte sich Sibyl nie in den Garten gewagt. Dann verlängerten sich die Schatten der Gebüsche geheimnisvoll, jedes Geräusch liess sie aufschrecken, und immer glaubte sie, das Rascheln von Fräulein Stubers Kleid zu hören. Einmal hatte sie zu lange verweilt, und plötzlich hing das weisse Gesicht wie ein falscher Mond zwischen den Zweigen. Eine Hexe, schrie sie, fort mit dir, Hexe, und rannte die paar Stufen hinauf zum Wohnzimmer, wo sie der Vater in die Arme schloss. Der Vater oder das jüngere Fräulein Stuber, das tagsüber als Chefsekretärin arbeitete, nahmen das ältere Fräulein behutsam am Arm, führten es wieder hoch in die Wohnung.

Später ängstigten sich auch die Eltern, denn das ältere Fräulein Stuber liess öfter den Gashahn offen. Eines Morgens wurde es von zwei Männern in weissen Kitteln aus dem Haus geführt. Das bedeutend jüngere Fräulein Stuber blieb, bis Sibyl zwanzig war. Es hatte nach dem Hausverkauf an die Wiegands ein Wohnrecht auf Lebenszeit, aber mit etwas über achtzig zog es ins Altersheim. Die Wohnung wurde frei für Sibyl und Malik.

Sibyl schüttelte den Kopf. Sie blieb lieber noch beim kleinen Mädchen. Dieses Mädchen nahm leere Käseschachteln mit durchsichtigem Cellophandeckel in den Garten, polsterte sie sorgfältig mit Moos und ging auf die Suche. Selten gelangte ein schwarzer Donnerkäfer ins durchsichtige Gefängnis, meist waren es kleine Glückskäferchen. Aber eigentlich zog Sibyl die grün schimmernden Pfefferminzkäfer vor, die sie behutsam samt Blatt in die Schachtel legte. Sie roch an den Pfefferminzblättern, zerrieb sie zwischen den Fingern und stellte sich vor, ein Käfer zu sein. Den frischen Geruch einatmen, die schillernden Flügel in den Wind heben und einfach wegfliegen. Sie liess es zu, dass einzelne Käfer aus dem noch nicht verschlossenen Gefängnis abhoben und entschwanden. So sollte es sein. Aber wenn die Mutter nach ihr rief und sie aus ihren Träumen riss, verschloss sie die Schachtel und schob sie unters Gebüsch. Einmal hatte die Mutter die Schachtel mit den Käfern, die sich nicht mehr bewegen wollten, unter Sibyls Bett gefunden. Tierquälerin, du bist eine Tierquälerin, schrie sie Sibyl an. Sibyl verstand nicht. Sie meinte es doch gut mit den Käfern. Wenn sie nicht wegflogen, wollten sie bei ihr bleiben. Sie konnte nichts dafür, wenn sie die Flügel nicht mehr bewegten und auf den Rücken fielen, wenn Sibyl den Deckel öffnete und sie sanft schüttelte.

Die Mutter wusste alles besser. Sibyl sollte nur die Spiele spielen, die ihr die Mutter kaufte. Eile mit Weile zum Beispiel. Sie hasste es. Man wurde dauernd wieder nach Hause geschickt, der Himmel war unerreichbar. Immer hatte sie mit der Mutter allein spielen müssen, der Vater war den ganzen Tag in der Steuerverwaltung. Es gab andere Kinder in der nächsten Strassenzeile, ja. Aber es waren Kinder aus den grossen Mietshäusern, sie spielten Fussball oder Verstecken auf der Strasse, und das war Sibyls Mutter zu gefährlich. Ihr Kind blieb im Haus oder im Garten, wo es zwar die Röckchen schmutzig machte, aber es war kein Strassenmädchen. Mit der Zeit wollte Sibyl nichts anderes mehr. Die Strassenkinder, Schlüsselkinder wurden sie genannt, kamen für sie aus einer anderen Welt.

Um Viertel nach sechs wartete Sibyl in der helleren Jahreszeit hinter dem Gartentor. Sie sass auf dem Boden, trotz Mutters Einspruch, und guckte in die Luft. Manchmal sog sie den süssen Duft von der Tobler-Schokoladenfabrik in sich hinein. Dann erschien der Oberkörper des Vaters über dem Gartentor, das Gesicht müde und abwesend, er bückte sich und öffnete das Tor. Jedesmal schien er überrascht, wenn seine kleine Tochter vor ihm auf dem Weg sass. Hastig zog er sie vom Boden hoch, klopfte ihr das Kleidchen aus, nahm sie an der Hand, während er mit der anderen Hand die Ledermappe an sich drückte. So gingen sie ins Haus, ohne ein Wort. Mit dem Vater sprach sie kaum. Nur die Mutter redete zu viel, nie liess sie Vater und Tochter in Ruhe. Erst nach dem Unglück wurde sie schweigsam.

Der Garten vor Sibyls Augen war schwarz, kaum zeichneten sich noch Konturen der Büsche ab, die Sibyl wuchern liess und nur selten notdürftig zurückschnitt. Sie wandte sich ab vom Garten ihrer Kindheit, den sie inzwischen kaum mehr nutzte. Die zwei kleinen Buben belegten ihn, er war nicht mehr ihre Zuflucht. Allein war sie genug, sie brauchte nicht noch mehr Ruhe.

Stille hatte sich über sie gesenkt. Sibyl war wie eine Uhr, die längst stehen geblieben war. Sie brauchte Bewegung in ihrem Leben, sie wusste es. Aber es war so schwierig, ihr inneres Uhrwerk wieder in Gang zu bringen. Zu lange hatte es stillgestanden.

Sibyl ging in die Küche und legte das kalte Fleisch, den Käse und das dunkle Brötchen auf den Tisch, das sie für diesen Abend gekauft hatte. Plötzlich hatte sie Lust auf Wein. Sie glitt an der Tür von Nosers vorbei in den Keller, hörte die beiden quengelnden Buben und Frau Nosers beruhigende Stimme. Manchmal beneidete Sibyl die etwa zehn Jahre jüngere Frau um die beiden Kleinen, aber öfter war sie froh, unbehelligt an der lauten Familie vorbei in den oberen Stock zu gelangen, wie sie es jetzt tat mit dem Wein in der Hand. Einem Bordeaux, zum Glück mit Drehverschluss, Sibyl mühte sich nicht gern mit Zapfenziehen ab.

Als sie den letzten Bissen Brot im Mund hatte und das Glas in der Hand, klingelte es. Sie stellte das Glas hart ab, erhob sich unentschlossen, ging schliesslich zur Tür und öffnete. Kurt. Kurt stand da.

Sibyl trat zur Seite, liess den alten Freund ein. Sie musterte ihn verstohlen, als er an ihr vorbeiging. Kurts Haar war ziemlich grau geworden, er wirkte abgearbeitet. Sie führte ihn ins Wohnzimmer und folgte ihm mit einem Tablett, dem Wein und zwei Gläsern. Mit Kurt konnte sie den Wein besser geniessen. Sie nahm an, dass er nur plaudern wollte, obwohl sein letzter Besuch allein in ihrer Wohnung Jahre zurücklag. Oder wollte er etwas von ihr? Sibyl nahm im Fauteuil Platz.

Sie stiessen an. Blickte er zum Sekretär, wo das Stoffeinhorn jetzt fehlte? Sibyl setzte das Glas ab. Nein, wahrscheinlich schaute er auf die Balkontür daneben, wo sich der Lichtschein der Stadt abzeichnete. Kurt wirkte müde.

Sibyl, es ist mir alles zu viel, hob er an. Die Familie, die Probleme mit Marc und in der letzten Zeit mit Rahel. Mit Marianne auch, weisst du, wir stehen uns nicht mehr so nahe wie früher einmal, manchmal scheint mir, dass ich sie nur noch wie durch einen Schleier wahrnehme, sie nicht mehr fassen kann. Aber ich will es auch nicht.

Er beugte sich nach vorn, stellte sein Glas neben ihres auf den gläsernen Couchtisch und fixierte seine Hände mit den schmalen Fingern.

Ich will dich nicht damit belasten, du bist schliesslich Mariannes beste Freundin. Er blickte auf, Sibyl bewegte den Stiel des Glases zwischen den Fingern.

Er liess sich zurückfallen ins Sofa. An der Uni habe ich auch langsam genug. Seit sechs Jahren bin ich Privatdozent, und eine Professur ist nicht in Sicht. Du weisst, Kiener und Lloyd sind um die fünfzig, sie sind nur etwa acht Jahre älter als ich. Aber sie werden bleiben, sie haben keinen Grund zu wechseln, mit fünfzig fangen sie nichts Neues mehr an, nicht Kiener und Lloyd. Die dritte Professur, für die wir lange Jahre gekämpft haben, ist den Sparmassnahmen zum Opfer gefallen. Für mich ist nichts zu erwarten. Ich kann auf meinem Posten bleiben, gut, den macht mir niemand streitig, ich arbeite viel. Aber ich fühle mich leer. Alle wollen etwas von mir, und ich bin nicht mehr imstande, etwas zu geben.

Er griff wieder nach dem Glas, schaute erwartungsvoll zu Sibyl hinüber.

Sie trank in kleinen Schlucken, liess den Rest Wein im Glas kreisen, schaute gedankenverloren in den roten Strudel der Flüssigkeit.

Das Gefühl der Leere kenne ich auch, sagte sie, ich frage mich manchmal, ist das alles gewesen. Von mir wird nichts bleiben, nicht einmal Kinder. Ein paar Bücher, ein paar Möbel, sonst nichts. Jemand wird dies entsorgen, das Haus wird verkauft. Nichts bleibt.

Aber Sibyl, du bist doch frei, kannst machen, was du willst. Du hast ein Haus, hast sicher in den vielen Bibliotheksjahren sparen können. Du bist für niemanden verantwortlich. Morgen kannst du deine Stelle künden, das Haus verkaufen, irgendwo hinziehen. Du kannst ein neues Leben beginnen. Aber ich? Marianne hat seit fast siebzehn Jahren nicht mehr gearbeitet. Ich weiss, erst genoss ich es, dass sie zu Hause blieb. Dann hat Marc sie zu Hause festgehalten. Aber jetzt würde ich es begrüssen, wenn sie wieder Fuss fasste, auf eigenen Beinen stünde. Sie würde sich weniger auf mich und die Kinder konzentrieren. Und auch finanziell. Alles hängt an mir.

Er schüttelte den Kopf. Sibyl kannte diese Geste. Es wäre so schön, alles von sich abschütteln zu können.

Kurt hatte weitergeredet. Er sprach von einer neuen Möglichkeit, die sich ihm eröffnet habe. Plötzlich war er anders, Sibyl sah den jungen Kurt vor sich, den ein Jahr älteren Gymnasiasten. An einem Fest lernten sie sich kennen. Sie sassen den ganzen Abend nebeneinander, tanzten nicht, vermissten es auch nicht. Über ihre Interessen sprachen sie, über Literatur. Sie waren beide ruhig, gewissenhaft und nicht leicht zu begeistern. Beide waren sie Einzelkinder, den Eltern verpflichtet. Vielleicht hatten sie zu wenig Temperament. Es hatte sich nicht mehr aus diesem Abend ergeben als ein paar gemeinsame Kinobesuche, Händchen halten und zwei schüchterne Küsse. Kurt war bereits in den Maturavorbereitungen und verbrachte anschliessend ein Jahr im Militär. Als er zurückkam, war Sibyl in Paris.

Im folgenden Frühling, als sie in der Bibliothek begann, verbrachte er viel Zeit im Lesesaal. Er wusste nichts von ihrer Heirat, und sie sagte es ihm nicht. Als er sie zu einem Kaffee einlud, nahm sie Marianne mit, die zugleich mit ihr die Bibliotheksausbildung begonnen hatte. Kurt brachte Blumen mit und reagierte unsicher auf Sibyls Begleiterin. Sie hatte nicht die Kraft, die Situation zu klären, bedauerte vielleicht auch, es tun zu müssen. Mitten in der gequälten Unterhaltung erhob sie sich und überliess es Marianne, mit Kurt zu reden.

Als sich einige Zeit später eine Verbindung zwischen Marianne und Kurt entwickelte, fühlte sie sich hintergangen. Aber sie war in ihrem Leben mit Malik gefangen, wollte sich nicht um anderes kümmern.

In späteren Jahren glaubte sich Sibyl den beiden verpflichtet, sie war das Bindeglied. Manchmal schien ihr, dass sich ihre Patenfunktion auf Rahels Eltern ausdehnte. Beide suchten bei ihr Rat, aber Kurt wich sie aus. Marianne kannte sie aus den vier gemeinsamen Bibliotheksjahren besser, Marianne war eine Frau, ihre Freundin.

Sibyl war abgeschweift und hatte Kurt doch zugehört. Er habe eine Anfrage erhalten von Kollegen in Heidelberg. Eine Professur für neuere englische Literatur werde frei, sie wollten, dass er sich bewerbe. Aber er könne doch nicht, habe seine Familie hier, sie würden nicht wegziehen wollen, das wisse er.

Es wäre so schön, Sibyl, weg von hier, ich war immer da, abgesehen von meinem Auslandjahr mit der Familie. Mein Leben ist festgefahren. Die Kleinkinder früher, die grösseren Kinder jetzt, die Probleme haben nicht abgenommen. An der Uni die Studenten mit ihren Ansprüchen, ich hab so genug. Weg, nur weg, neu anfangen.

Er machte eine Pause und blickte auf den Tisch, als er schliesslich sagte: Und du, Sibyl, du musst dir keine Gedanken machen, du kannst jederzeit neu anfangen. Du bist allein, ja, aber du musst es nicht bleiben.

Sibyl setzte sich auf. Ich geh nicht fort, Kurt, sagte sie bestimmt. Aber du solltest es tun. Wenn deine Familie nicht mitkommt, gehst du eben allein. Viele führen Wochenendehen. Vielleicht ist es gerade das, was ihr braucht. Ein bisschen Distanz, jeder führt wieder sein eigenes Leben. Das kann ein Neuanfang sein.

Als sie zu sprechen angefangen hatte, war Kurt an ihren Lippen gehangen, nun wandte er sich ab, nickte. Ja, vielleicht muss ich es allein probieren, vielleicht fehlt mir nur der Mut dazu. Er musterte nochmals seine Hände, diesmal die Innenflächen, ungläubig.

Sibyl empfand plötzlich Zärtlichkeit für Kurt wie schon lange nicht mehr. Sie hätte zu ihm hingehen wollen, ihn umarmen, ihn wieder in seine Laufbahn setzen. Er war gestrandet, aber er musste nur einen Schritt tun, dann ging sein Leben weiter. In seinem Fachgebiet war er anerkannt und beliebt bei den Studenten, er würde es auch in Deutschland sein. Er würde sein Ziel erreichen, sie wusste es. Aber den ersten Schritt musste er selbst tun. Sie hielt sich zurück.

Kurt erhob sich, er nahm ihre Hände und zog sie hoch. Danke, sagte er, danke. Er blickte auf die Uhr. Ich muss jetzt gehen. Danke für alles, Sibyl, wiederholte er unter der Tür.

Sie liess ihn ziehen, schaute ihm nach, wie er fast beschwingt die Treppe hinunterlief und durch die Tür entschwand.

4. März

Die letzten Tage drängten das Einhorn in den Hintergrund. Kurt und sein Besuch haben mich sehr beschäftigt. Aber das ist vorbei.

Ich gehe jetzt den dritten Weg mit dem Einhorn. Über drei Wege ist es zu uns gelangt, über die Antike, die Bibel und den Physiologus. Wieder entdecke ich neue Züge am Einhorn.

Der Physiologus ist ein Buch, das Tiere und ihre Eigenschaften beschreibt. Tiere, die jedermann kennt, wurden aufgenommen. Aber auch sagenhafte Tiere wie der Phönix, die Sirene und das Einhorn.

Der Physiologus entstand wahrscheinlich in Alexandria in der frühchristlichen Zeit. Im Mittelalter war er in unzähligen Fassungen verbreitet.

Vom Einhorn

Und wird erhöhet werden, sagt der Psalmist, mein Horn wie das des Einhorns.

Der Physiologus sprach vom Einhorn, dass es eine solche Eigenart habe: Ist ein kleines Tier, ähnelt einem Zicklein, hat aber einen gar scharfen Mut. Nicht vermag der Jäger ihm zu nahen darum, dass es grosse Kraft hat.

Ein einzig Horn hat es, mitten auf dem Haupte. Wie aber wird es gefangen? Man legt ihm eine reine Jungfrau, schön ausstaffiert, in den Weg. Und da springt das Tier in den Schoss der Jungfrau, und sie hat Macht über es, und es folgt ihr, und sie bringt es ins Schloss zum König.

Dies nun wird übertragen auf das Bildnis unseres Heilands. Denn es wurde auferweckt aus dem Hause David das Horn unseres Vaters, und wurde uns zum Horn des Heils. Nicht vermochten die Engelsgewalten ihn zu bewältigen, sondern er ging ein in den Leib der wahrhaftig und immerdar jungfräulichen Maria, und das Wort ward Fleisch, und wohnete unter uns.

Dies ist der erste Teil des Einhorn-Eintrags. Eine eigenartige Mischung aus Bibelzitaten und naturkundlicher Information. Das Einhorn ist nicht mehr der wilde Esel des Ktesias und nicht mehr das phantastische Kartazoon-Mischwesen des Megasthenes. Kleiner, feiner ist es jetzt, es gleicht einem bockigen Zicklein. Der christliche Einfluss hat es domestiziert.

Das Einhorn wird mit einer Jungfrau gefangen. Das hat mich bewegt, viel mehr als die Bibelzitate. Die Jungfrau, die das Einhorn nur mit ihrem Dasein zähmt, imponiert mir.

Man legt ihm eine reine Jungfrau, schön ausstaffiert, in den Weg. Die Jungfrau ist passiv, sie wird benutzt für einen Zweck. Wie eine Puppe legt man sie hin, sie lässt es geschehen. Das Einhorn kommt und springt ihr in den Schoss. Sie hat ihren Zweck erfüllt, das Einhorn folgt ihr, sie bringt es zum König.

Eine Frau, die benutzt wird für einen Zweck. Das kenne ich, das ist ein gängiges Muster. Rein und schön muss die Frau sein, dann betet man sie an. Sie wird zur jungfräulichen Maria, wie auch in diesem Text. Zur unbefleckten Muttergottes, an die keine irdische Frau heranreicht. Im Vergleich mit ihr muss jede andere Frau scheitern und im Schmutz ihres Gewöhnlichseins zurückbleiben ...

Wieso ereifere ich mich? Ich bin doch keine Feministin. Das haben mir engagierte Frauen vorgeworfen. Ich habe in ihrer Gruppe nicht mitmachen wollen. Ich mache nirgends mit. Auch nicht bei den Bibliothekaren und nicht in der Weiterbildung. Ich will mich nicht vereinnahmen lassen. Die gleiche Meinung oder denselben Beruf zu haben, bedeutet nicht, dazuzugehören.

Immer bin ich aus dem Netz gefallen. Einmal stürzte ich tief. Das Vertrauen in Netze habe ich verloren. Ich will nicht in einem Netz hängen bleiben. Jeder ist für sich allein, Netze sind trügerisch.

8. März

Heute ist Sonntag, niemand stört mich.

Ich habe nachgelesen, wie die Jungfrau zum Einhorn kam und in den Physiologus. Dazu gibt es eine indische Erzählung, die in mein Buch gehört.

Indien. Immer wieder dieses sagenhafte Land im Osten. Und Alexandria. Indien und Alexandria hat das Einhorn mehrmals berührt. Das Land der Wunder und die Stadt des Wissens.

Heute haben sie ihre Faszination eingebüsst. Die blühende Stadt des Altertums ist unter dem modernen Alexandria verschwunden; der Leuchtturm der Insel Pharos, eines der sieben Weltwunder, ist eingestürzt. Und Indien? Indien hat sich ein Quäntchen Sagenzauber bewahrt: schlangenbeschwörer maharadscha harem palast der winde jaipur ...

Aber das Quäntchen Exotik ist längst überlagert von dritte welt armut überbevölkerung mangelernährung. Und von schlimmeren Stichwörtern wie mädchenabtreibung witwenverbrennung mitgiftmord.

Indien und Alexandria, sie gehören wieder zusammen. Die Guten, das waren sie einmal, ins Töpfchen. Die Schlechten, das sind sie jetzt, ins Kröpfchen. Wir haben sie schon längst für schlecht befunden. Inzwischen laufen die Handelswege anders, alles Gute kommt vom Westen: technologie coca cola waffen jeans tourismus. Nur noch ein paar Spinner pilgern nach Osten: guru goa meditation dalai lama ...

Ich bin abgeschweift.

Der Einsiedler Rsyasrnga (Eskaringa), Sohn eines Asketen und einer Gazelle, trug ein einzelnes Horn auf der Stirn und lebte als Eremit. Als einst das Königreich Anga von einer Dürre heimgesucht wurde, rieten die Brahmanen dem sündigen König, den frommen «Einhorn» an den Hof zu holen, da dieser Gewalt über den Regen besass. Der König sandte seine schöne Tochter zum Eremiten, dem sie sich als angeblich busswillige

Sünderin nahte. Es gelang ihr, den unerfahrenen Asketen zum Rausch und zur Liebe zu verführen. Sie lockte ihn auf ihr Floss und führte ihn an den Königshof. Der Regen fiel und Rsyasrnga heiratete die Prinzessin.

Die verführerische Prinzessin aus Indien wurde auf ihrem Weg ins Christentum zur reinen Jungfrau und schliesslich zur unbefleckten Maria, der Muttergottes.

Und das Einhorn? Ein Fehler liess es vom Menschen Einhorn zum Tier Einhorn werden, halb Tier war es von Geburt. Wieder ein Übertragungsfehler, der das Einhorn in den Vordergrund rückte. Wie hat es das nur geschafft?

Das Einhorn wollte weiter in den Westen vordringen, es setzte sich den Übersetzern ins Ohr wie ein Floh, machte sich in ihren Gehirnen breit und tänzelte vor ihren Augen, bis sie es zu Papier brachten, um sich wenigstens ein klein bisschen wieder von ihm zu befreien. Aber das Einhorn ging mit ihnen durch, wenn sie nur schon die Feder ansetzten.

9. März

Das Einhorn konnte auch für den Tod stehen. Der Tod. Das Abwesende, nicht Fassbare. Darum hat man ihm die Farbe Schwarz gegeben. Schwarz, das sich auflöst im Dunkeln. Eine Nicht-Farbe, das Gegenteil von weiss leicht hell. Schwarz schwer dunkel tot.

Zwei Männer in einem abgedunkelten Leichenraum, bedeckt mit weissen Tüchern. Für mich noch immer zwei Männer, nicht zwei Leichen oder Leichname, wie es bei der Polizei oder den Behörden hiess. Zwei Männer, Vater und Schwiegersohn, die parallel nebeneinander lagen, endlich gleich ausgerichtet. Im Tode vereint.

Wo haben mich meine Gedanken hingetragen. Ich will beim Einhorn bleiben.

Ein Mann floh vor dem Einhorn, fiel dabei in einen Brunnen, konnte sich aber an einem Strauch festhalten. Unten lauerten ein Drache und vier Schlangen; am Zweig, an dem er sich hielt, nagten zwei Mäuse. Ob eines Tropfens Honig vergass er aber alle Gefahr und ergab sich dessen Süsse.

Das Einhorn wird in dieser Legende als Tod gedeutet, der den Menschen überall hin verfolgt, der tiefe Brunnen soll die Welt voller Übel darstellen, die am Zweig nagenden Mäuse stehen für die Stunden, die Tag und Nacht am menschlichen Leben nagen und es verkürzen, die Schlangen für die Elemente, aus denen der zerfallende menschliche Körper besteht, und der Drache versinnbildlicht die Hölle, die den Menschen zu verschlingen droht. Der Honig aber ist wie die Lust der Welt, welcher sich der Mensch hingibt und dabei alle Gefahren vergisst.

Memento mori, denk an den Tod, ist wohl die Moral dieser Legende. Ich finde sie tröstlich und nicht bedrohlich. Der Mann, der am Finger saugt, ist blind für die Gefahren ringsum. Für ihn zählt nur die Süsse des Honigs, und er kostet sie aus, komme was wolle.

Ich könnte ihn als Vorbild nehmen. Mehr vom Leben kosten, auch wenn es nur ein Tropfen Honig ist. Alles rundherum vergessen, die Vergangenheit hinter mir lassen.

Vielleicht sind die kommenden fünf Tage ein Tropfen Honig für mich. Ich darf mich nicht abwenden, muss mich endlich stellen. Mit der Vergangenheit leben lernen. Den Tropfen Honig geniessen. Trotzdem.

11. März

Warum schreibe ich noch, so spät am Vorabend meiner Reise nach Paris.

Die Einhorn-Fabel aus dem Physiologus habe ich noch nicht vollständig niedergeschrieben. Es fehlt noch die paradiesisch anmutende Szene mit dem Einhorn, das die Harmonie in der Tierwelt wieder herstellt.

Ist ein einhörniges Tier, und so wird's auch geheissen. Aber in jenen Gegenden ist ein grosser See, und da sammeln sich die wilden Tiere, um zu trinken. Ehe jedoch die Tiere versammelt sind, kriecht die Schlange heran und speit ihr Gift in das Wasser. Die Tiere nun spüren das Gift und wagen nicht zu trinken; und da warten sie auf das Einhorn, und das kommt, und stracks geht es in das Wasser und schlägt mit dem Horn ein Kreuz, und damit macht es die Kraft des Giftes zunichte, und da es von dem Wasser trinkt, trinken auch all jene anderen Tiere.

Die Fahrt

Sibyl reiste im TGV. Glücklicherweise blieb der Sitz neben ihr frei, sie brauchte Platz für ihre Handtasche und die Bücher. Auf dem steifen Sitz des Hochgeschwindigkeitszuges sass sie in Fahrtrichtung und lehnte sich zurück. Sie fuhr nicht gern rückwärts, nicht weil ihr schlecht wurde, sondern weil sie sich nicht mit dem Rücken, ungeschützt, dem Unbekannten aussetzen wollte. Auch damals, vor langer Zeit, hatte sie im Zug nach Paris gesessen. In jenem Oktober hatte sie alle Eindrücke in sich aufgesogen, begierig war sie unter dem klaren Herbsthimmel dem Neuen entgegengeflogen. Im darauf folgenden Januar war sie nur zögernd nach Paris zurückgekehrt, ihr Blick war in den winterlichen Bäumen mit den Misteln hängen geblieben. Sie hatte sich vor den Eltern keine Blösse geben wollen, darum war sie gefahren, schliesslich hatte sie selbst diesen Parisaufenthalt durchgesetzt. Und Malik, es hatte damals Malik gegeben in ihrem Leben.

Mehr als zwanzig Jahre waren vergangen. Sie fuhr wieder nach Paris. Der Zug hatte sich durch die Hügelzüge des Jura gewunden und eben Frasne passiert. Dort musste man früher umsteigen, als es noch keinen TGV gab. Ein Bahnsteig im Nirgendwo, so kam es Sibyl vor, man wartete schlotternd auf den Anschlusszug, mit der Angst im Nacken, in diesem Niemandsland zurückgelassen zu werden, während Zug um Zug vorbeibrauste.

Frasne wirkte auch an diesem Tag farblos, der Himmel hing dunkelgrau über der flachen Landschaft, pausenlos fiel Regen. Tropfen eilten über die Fensterscheibe in waagrechter Bahn, sie vereinten sich zu einem Bächlein, das einer Fieberkurve glich. Jetzt brach das Bächlein ab, einzelne Tropfen mit Kaulquappenschwänzen zogen schlängelnd über die Scheibe, von links nach rechts. Wenn die Tropfen ihre Reise beendet hatten, fingen andere die gleiche Reise neu an.

Sibyl dachte an die Kurve ihres eigenen Lebens. In der letzten Zeit hatte sich diese Kurve zu mehr Höhen und Tiefen gewunden als üblich. Vor allem zu Höhen. Die Einhorn-Faszination, unerwartet und unerklärlich, hatte sie aus ihrer Routine hinausgetragen und ihre Abende gefüllt. Rahel, Joris, Kurt. Begegnungen und Gespräche waren aufgetaucht wie Inseln im Einerlei des Alltags.

Eilige Tropfen fanden sich auf der Fensterscheibe zu einem steten kleinen Strom zusammen, dem Sibyls Augen folgten, hinauf und immer weiter hinauf, der Zug musste Geschwindigkeit zugelegt haben. Die steilen Abstürze waren vorprogrammiert, sie geschahen tatsächlich, aber Sibyl rappelte sich wieder auf, es ging weiter, das Ziel war noch nicht erreicht.

Die Tropfen auf der Scheibe zerstoben, Sibyl starrte auf die sich entrollende Landschaft, bis sich die Farbbahnen in ihren Träumen auflösten.

Sibyl fuhr nach Paris, Malik würde am Gare de Lyon auf sie warten. Malik. Der junge Mann mit den weichen, dunklen Haarsträhnen, er hatte nicht das drahtige Haar vieler Nordafrikaner. Er würde sie in die Arme schliessen. Sie war zwanzig, Malik fünfundzwanzig, beide zum ersten Mal richtig verliebt, bei ihr war es gewiss, er sagte es von sich. Er hielt sie auf Armeslänge von sich, strich ihr die langen, blonden Haare hinters Ohr, zog sie noch einmal an sich und küsste sie. Dann bückte er sich nach ihrer Reisetasche, zusammen gingen sie zur Metro.

Sie war so froh, nicht mehr allein zu sein. Die zwei Monate vor Weihnachten hatten kaum Spuren hinterlassen, und doch hatte sich jeder Tag lang hingezogen. Vorlesungen an der Sorbonne am Vormittag, Sprachkurs am Nachmittag. Dann – nichts. Sie hatte keine Freundin für sich gewinnen können, die andern waren immer schon verabredet gewesen. Also Museumsbesuche, Kino, allein. Und zurück in die Mansarde, die mit dem kleinen Ofen nur notdürftig zu heizen war.

Nach Paris, der fremden Grossstadt, hatte sie sich gesehnt. Endlich weg von daheim, die Zeit bis zum Beginn der Bibliotheksausbildung nutzen. Und nun diese Einsamkeit. Keine Mutter, die ständig hinter ihr her war und redete, kein Vater, der müde von der Arbeit heimkam. Keine Kolleginnen und Kollegen vom Gymnasium. Nur der Lärm, die immer gleichen Häuserzeilen, das Wintergrau der Stadt, die sich nicht um sie geschlossen, sondern sie ausgespart hatte.

Erst mit Malik gehörte sie dazu. Sie sassen zusammen auf der Treppe vor der Sacré-Cœur und blickten über die Stadt, sie kauften gemeinsam ihre Lieblingscrêpe, sassen im Kino eng aneinander geschmiegt. Sie wäre nach Weihnachten nicht zurückgekehrt ohne Malik.

Malik war auch ein Fremder in Paris, aber er kannte die Stadt besser. Er war als Kind mit seiner Familie von Marokko in die Vorstadt von Paris gezogen, die Eltern wollten ihrem einzigen Kind, dem Sohn, ein Studium in Paris ermöglichen. Und Malik studierte, wenn auch nicht an einer der Eliteuniversitäten, die den besser gestellten Franzosen vorbehalten waren. Er schloss sein Studium als Ingenieur ab. Jetzt war er arbeitslos, seit drei Jahren. Und nicht bereit, irgendeine Arbeit anzunehmen, wie es sein Vater getan hatte. Der Vater arbeitete in der Fabrik, er war überzeugt, dass es sein Sohn zu etwas bringen würde, bald, sehr bald, ein gut ausgebildeter, junger Marokkaner musste doch eine Chance haben. Inzwischen lebten die beiden vom kargen Fabrikarbeiterlohn des Vaters.

Malik und Sibyl stiegen die Metrotreppe hinauf, Station Cardinal Lemoine, die Häuserzeilen waren nach zwei Wochen Abwesenheit vertraut und doch fremd. Sie bogen um die Ecke, bei Nr. 28 zog Sibyl ihren Schlüssel hervor. Malik ging ihr voran über die mit Teppich belegten Stufen der unteren Stockwerke und die knarrenden Holzstufen der enger werdenden Treppe hinauf bis unters Dach. Malik schloss für sie auf, schaltete den Ofen ein, und sie sassen frierend nebeneinander auf der Matratze.

Er wandte sich ihr zu, zog ihr den dunkelroten Mantel aus und die Kleider, sie liess es geschehen. Im Dezember war es noch zu früh gewesen, aber jetzt wollte sie sich nicht zurückhalten, sie wollte ihm nahe sein, ganz nah, nichts sollte sie trennen. Sie war in den Weihnachtsferien hinter dem Rücken der Mutter beim Frauenarzt gewesen, nahm die Pille, nichts konnte passieren.

Malik hatte sich ausgezogen, er schlüpfte zu ihr unter die Decke. Sie schmiegte sich an ihn, es ergab sich alles natürlich, er durfte sie spüren, sollte sie spüren. Er ging behutsam vor, berührte ihre Brust, streichelte sie, ihre Anspannung löste sich. Als er in sie eindrang, musste sie einen Moment den Atem anhalten, Schmerz und Lust wellten auf. Sie schaute ihm in die Augen, Wärme breitete sich in ihrem Körper aus.

Sibyl öffnete die Augen, eine Hand tippte an ihre Schulter. Madame, votre billet s'il vous plaît. Das Gesicht des Kondukteurs beugte sich über sie, schwungvoll knipste er das Billett, das sie aus der Handtasche zog. Als er zur nächsten Sitzreihe weiterging, zwinkerte er ihr zu.

Sie drehte sich zur Fensterscheibe und erschrak. Dicke Krampfadernbahnen zogen über die Scheibe, wirkten aufdringlich, obszön. Sie war froh, als der Zug abbremste und die dicken Bahnen vertikal abstürzten. Dijon – Dijon. Der Zug hielt ruckartig an.

Als er sich wieder in Bewegung setzte, begannen horizontale, noch abfallende und feine Bahnen die vertikalen zu kreuzen. Für kurze Zeit entstand ein Karreemuster, dann hatten sich die Horizontalen durchgesetzt, sie liefen geschäftig auf und ab.

Sibyl schaute zwischen den Tropfenbahnen hindurch auf die kahlen Bäume, die teilweise überschwemmten Wiesen und die Wassertürme. Die Bäume waren gespickt mit kugeligen Schmarotzerpflanzen, Misteln.

Wieder fuhr sie nach Paris. Kein Malik wartete auf sie. Malik und sein Leben mit ihr lagen weit zurück. Sie musste nicht nach Paris zurückkehren und dort leben, sie war nur eine Besucherin auf Zeit, fünf Tage. Sie musste sich nicht angleichen und von der Grossstadt schlucken lassen, sie durfte auswählen aus dem Menu dieser Stadt, war privilegiert diesmal. Dann würde sie heimkehren, nach Bern, wo sie hingehörte.

Der Zug hatte sich in Dijon mit französischem Stimmengewirr gefüllt. Der TGV brauste auf der Hochgeschwindigkeitsstrecke in Richtung Paris, ihre Gedanken flogen dahin. Einzelne Tropfen waren nicht mehr sichtbar, ein Wolkenbruch ergoss sich draussen und füllte die ganze Scheibe mit Wasser. Die Landschaft zog in verschwommenen Aquarellen an ihr vorbei.

Mit Malik war die unterschiedliche Sprache nie ein Problem. Nicht in Paris, wo sie von Französisch umgeben waren und beide sich in einer Fremdsprache ausdrückten. Sie war gut in Französisch damals, mit den Kenntnissen von der Matura, den Vorlesungen und Sprachkursen und dem Französisch ringsum im Kino, im Lebensmittelladen, am Radio, auf der Strasse.

Erst in Bern wurde der sprachliche Umgang schwierig. Vater und Mutter sprachen nur schlecht Französisch. Sie mühten sich ab mit ein paar französischen Sätzen zu Malik, dann sprachen sie weiter mit Sibyl, auf Deutsch. Malik wollte nicht Deutsch lernen, er war überzeugt, auch in der Deutschschweiz mit Französisch bestehen zu können. Die mangelnden Deutschkenntnisse kosteten ihn vermutlich einige Stellen, aber Malik deutete Absagen auf Bewerbungen als Ablehnung seiner Hautfarbe und Nationalität. Man wolle keine Nordafrikaner, auch keinen in Frankreich ausgebildeten Ingenieur. Er sass oft den ganzen Tag zu Hause vor dem Fernseher, starrte zum Fenster hinaus oder brütete vor sich hin. Am Abend, wenn sie heimkam, ging er aus. Er hatte in einer Bar zwei andere Marokkaner kennen gelernt, sie redeten Arabisch zusammen und zogen von Lokal zu Lokal.

Aber das war viel später. In Paris gab es ihn nicht, den Arabisch sprechenden Malik, mit seinem Vater sprach er französisch.

Malik fühlte sich mehr als Franzose denn als Marokkaner, seit seinem zehnten Lebensjahr lebte er in Frankreich. Er besuchte zum Kummer seines Vaters kaum mehr die Moschee, hatte sich vom Islam abgewandt. Trotzdem verkörperte er für Sibyls Vater die «islamische Gefahr». In diesem einen Punkt konnte man mit ihrem Vater nicht reden, ihrem ruhigen, ausgeglichenen Vater, der Tag für Tag im Büro der Steuerverwaltung sass, Zahlen addierte und die Summen ins Gleichgewicht brachte. Der Islam, war ihr Vater überzeugt, werde die Weltherrschaft übernehmen, nachdem es Hitler nicht gelungen sei und die Kommunisten nicht zu reüssieren schienen.

Von Malik hatte sie erstmals im Januar nach Hause geschrieben. Umgehend war ein langer Brief des Vaters eingetroffen, während er sonst nur die Briefe der Mutter mitunterschrieb. Er warnte sie eindringlich vor dieser Freundschaft. Im Februar kamen er und die Mutter für ein Wochenende nach Paris, obwohl sie nicht gern reisten.

Sie war mit den Eltern im Café gesessen und hatte diskutiert, endlos diskutiert. Du kannst nicht, du darfst nicht. Ihr wortkarger Vater, der sich sonst kaum in die Angelegenheiten der Tochter mischte und die Mutter entscheiden liess, redete auf sie ein und war unerbittlich. Du wirst sehen, er wird dich unterdrücken, er wird dich zwingen, seine Religion anzunehmen, er wird dich nach Marokko mitnehmen, du hast keine Rechte. Diesen Mann darfst du nicht heiraten.

Heiraten? Daran hatte Sibyl nicht gedacht. Sie wollte nur mit Malik zusammen sein, ihn vielleicht in die Schweiz mitnehmen. Heiraten? Vielleicht müsste sie das, der Vater hatte Recht. Ohne Heirat gab es keine Niederlassungsbewilligung und keine Arbeitserlaubnis. Aber wieso nicht. Malik war der Mann, den sie liebte, und die Mutter hatte immer gesagt, heirate nur, wenn du einen Mann wirklich liebst. Sie kannten ihn nicht, die Eltern, sie redeten von einem Marokkaner, der ihre Tochter entführen und unterdrücken wollte. Sie sprachen nicht von Malik, dem Franzosen marokkanischer Abstammung, der sanft war, einfühlsam, der Sibyl Paris erschlossen hatte und eine neue Art Zweisamkeit. Mit Malik fühlte sie sich das erste Mal in ihrem Leben nicht allein. Die Eltern irrten sich.

Sie gab vor, die Toilette aufzusuchen, rief Malik an. Malik war erfreut, dass sie ihn ihren Eltern vorstellen wollte, er setzte sich sofort in die Vorortsbahn und kam eine halbe Stunde später auf ihren Tisch zu.

Sibyl stand auf, nahm seine Hand. Das ist Malik, voilà ma mère et mon père, sagte sie, ich möchte, dass ihr euch kennen lernt.

Der Vater sprang mit hochrotem Gesicht auf, zerknüllte die Serviette und warf sie auf den Tisch, er stammelte Unverständliches in einem Gemisch von Französisch und Deutsch. Die Mutter blickte erschrocken zu ihm auf, sie zog ihn auf seinen Platz zurück. Sie klaubte ihr Französisch zusammen und stellte Malik Fragen, zu seiner Herkunft, seinem Alter, seiner Familie, seiner Arbeit. Fragen wie bei einem Verhör.

Malik antwortete ein bisschen ratlos, seine Blicke wanderten von Sibyls Mutter zu ihrem Vater. Der Vater starrte vor sich hin, knetete seine Hände, schien nichts wahrzunehmen.

Schliesslich schwieg auch die Mutter, sie krauste die Stirn, nachdem sie erfahren hatte, dass Malik arbeitslos war. Ihre schlimmsten Ängste schienen bestätigt, sie fixierte den Boden der leeren Kaffeetasse, wie wenn sich dort die Lösung des Schlamassels zeigen würde.

Sibyl versuchte, das Gespräch aufrechtzuerhalten, aber verstummte, als sie in die eisigen Gesichter der drei ihr nächst stehenden Menschen sah.

Schliesslich stand der Vater mit einem Ruck auf, warf Geld auf den Tisch. Er schaute sie einen Moment an, widerwillig, sprach französisch. Wir erwarten dich Mitte April zu Hause, allein, verstanden? Bis dahin hast du Zeit, dich von diesem da zu trennen. Wir fahren jetzt zum Bahnhof. Er nahm die Mutter am

Arm und führte sie hinaus, sie warf einen zögernden Blick über die Schulter zurück, bevor die Tür des Cafés zufiel.

Damals verschloss sich Malik erstmals. Bis dahin hatten sie alles zusammen geteilt, jetzt sassen sie sich wortlos gegenüber. Schliesslich setzte Sibyl zu Erklärungsversuchen an, sie entschuldigte sich, wollte alles wieder gut machen. Er winkte ab, sass gebeugt am Tisch. Ich habe verstanden, sagte er.

Sie verabschiedeten sich vor dem Café mit einem Kuss auf die Wange und gingen in entgegengesetzte Richtungen auseinander. Tränen rannen über ihr Gesicht, sie stolperte vor sich hin.

In den folgenden zwei Wochen hatte sie jede Minute auf ein Zeichen von ihm gewartet. Sie selbst hatte nicht das Recht, sich ihm zu nähern.

An einem Abend Ende Februar schleppte sie sich zu ihrer Mansarde hoch, sie war im Kino gewesen, aber hatte vom Film wenig mitbekommen. Der Schatten vor ihrer Mansarde schien dunkler als sonst, sie erschrak und drückte den Lichtschalter. Er sass am Boden, den Kopf auf den Knien, war eingeschlafen, aber erwachte von der plötzlichen Helligkeit. Sie zog ihn hoch, legte einen Arm um ihn, schloss zitternd die Tür auf.

Auf dem Weg zur Matratze entledigten sie sich der Kleider. Er legte sich hin und zog sie auf sich. Sie begann sich zu bewegen, kreiste auf ihm. So tief war er noch nie in ihr gewesen, er berührte ihr Innerstes, sie waren eins.

Das Gefühl der Einigkeit war noch immer da, als sie sich später neben ihn legte. Sie konzentrierte ihren Blick auf das helle Rechteck des schrägen Mansardenfensters. Er war zurückgekommen, nun hatte sie die Berechtigung zu kämpfen. Sie war volljährig, die Eltern konnten sich nicht zwischen sie und Malik stellen. Sie würde zurückkehren nach Bern und ihre Ausbildung aufnehmen, und Malik würde mit ihr kommen, versuchen, in der Schweiz Arbeit zu finden. Ein kleines Zimmer würden sie mieten, mehr lag vorläufig nicht drin.

Am nächsten Tag rief sie in Bern an und klärte die Formalitäten ab. Die Heirat, zivil, sollte wenn möglich schon im Mai stattfinden. Den Eltern teilte sie alles mit. Es war der erste Brief seit der überstürzten Abreise der Eltern, aber sie bekam keine Antwort.

Mitte April, kurz vor ihrer Heimreise, die Überraschung. Die Mutter bat um Verzeihung, es sei in Paris alles zu schnell gegangen und zu viel gewesen. Sie solle nach Hause kommen, unbedingt. Die Wohnung der beiden alten Fräulein Stuber sei frei, sie werde renoviert. Sibyl könne dort einziehen, mit Malik. Bitte, Sibyl, hiess es, wir können nicht leben ohne dich, du gehörst zu uns. Wenn du Malik heiratest, dann eben mit ihm. Bitte.

Diese Wohnung erleichterte vieles. Sibyl nahm an, nach der zögernden Einwilligung von Malik.

Sie schüttelte den Kopf, schüttelte ihn, bis sie ihre Umgebung wahrnahm. Der Zug hatte abgebremst, einzelne Sonnenstrahlen fielen auf ein Häusermeer, hinter dem sich die filigranen Umrisse des Eiffelturms abzeichneten.

Endlich wieder da, Sibyl sprang auf die Füsse. Wieso hatte sie so lange gewartet, Paris war doch ein Teil ihres Lebens.

Paris

Die Metrotüren klickten ins Schloss, und Sibyl fühlte sich daheim. Das feine Schaben der Gummipneus am Perron, die warme, abgestandene Luft, das Drängeln der Körper, der dumpfe Hupton vor der Abfahrt, das alles kannte sie, wie wenn sie nie weg gewesen wäre. Viele Stationen hatten lediglich ein anderes Gesicht erhalten, eine andere Farbe. Lila oder orange waren sie geplättet, in sterilem Weiss oder knalligem Gelb. Riesige Affichen priesen die Frühlingsmode an und die neusten Kinohits. Sibyls Aufmerksamkeit wurde von ein paar zusammengesunkenen Gestalten angezogen, mit Flasche und zerrissenem Plastiksack. Auch da hatte sich nichts verändert.

Zweimal stieg sie um, liess die Stationen an sich vorbeiziehen. Dann schreckte sie plötzlich auf. Cardinal Lemoine. Der Zug stoppte, und Sibyl sprang hoch. Sie setzte sich wieder. Nein, diese kleine Station war nicht mehr die ihre. Cardinal Lemoine. Sie wusste noch immer nicht, wer dieser Kardinal war und was er für Paris oder Frankreich bedeutete. Andere Stationen, die nach Generälen oder Schlachten benannt waren, hatte sie in der Geschichte Frankreichs einordnen können. Hunderte Male war sie hier ein- und ausgestiegen, aber jetzt musste sie noch eine Station weiter fahren, nach Maubert-Mutualité. Mutualité, Gegenseitigkeit. Aber das zählte nicht, es war nur die Station, die am nächsten bei ihrem Hotel lag. Sie hätte irgendwo in Paris ein Hotel buchen können, aber sie hatte eins im fünften Arrondissement gewählt, dort, wo sie gewohnt hatte.

Sie stieg aus, ging die Strasse hoch, Rue des Ecoles, da, ihr Hotel. Man war nett, gab ihr ein ruhiges Einzelzimmer gegen den Innenhof mit einem Grandlit. Eine ovale Wanne füllte die Hälfte des Badezimmers aus, sie liess sich ein Schaumbad ein. Damals hatte sie nur ein Lavabo im Zimmer gehabt, und die Toilette, die noch zwei andere Bewohner benutzten, war draussen im Gang gewesen.

Donnerstagnachmittag. Sie beschloss noch im Bad, diesen ersten Nachmittag nur herumzuschlendern, sich durch die Strassen treiben zu lassen, ohne bestimmtes Ziel. Einfach Paris wieder in sich aufnehmen.

Sibyl ging nach unten, nickte dem Concierge zu und trat durch die sich automatisch öffnende Tür auf die Strasse. Da waren sie, die weissgrauen Häuserzeilen von Paris, diese innere Landschaft, die sie jederzeit heraufbeschwören konnte. Sie wandte sich nach Westen und stiess bald auf das in eine Mauer eingelassene Tor zum Musée de Cluny. Sie prüfte die Öffnungszeiten, ihr kleiner Reiseführer hatte Recht, das Cluny war nur dienstags geschlossen. Das Ziel ihrer Reise konnte sie noch aufsparen, sie hatte viel Zeit, trotzdem ging sie mit Bedauern am geöffneten Tor vorbei.

Sie gelangte auf den Boulevard St. Michel, und ihr Atem stockte. Sie schaute den breiten Boulevard hinauf und hinunter, hastete an den geschäftigen Leuten vorbei zur Place St. Michel, warf einen Blick auf die Cafés und hinüber zur Notre-Dame. Alles wie damals.

Wie war es möglich. Diese Stadt immer noch gleich, irritierend gleich. Aber ihr, Sibyl, war das Leben davongeschwommen, die Seine hatte es davongetragen, weg, ausser Sicht. Andere Leute hatten den frei gewordenen Platz eingenommen, sie sah ein junges Paar Hand in Hand am Seineufer stehen.

Sibyl zog die graue Jacke enger um sich, schlug den Kragen hoch und ging in umgekehrter Richtung den Boulevard St. Michel hinauf.

Was hatte sie denn erwartet. Für die andern war das Leben weitergegangen. Wie Kügelchen in einer Uhr, die sie im Schaufenster einer Bijouterie beobachtete, waren die Jahre auf einer schmalen Bahn dahingerollt und zu den anderen vergangenen Jahren hinuntergefallen. Eins ums andere, achtzehn Jahre, bis die Mutter gestorben war. Seit fast zwei Jahren rollten die Kügelchen nicht mehr glatt dahin, kleine Hindernisse tauchten auf, die Kügelchen wurden auf Umwege und Abwege gelenkt. Im letzten Monat stellte sich dem Jahreskügelchen ein kleines Einhorn in den Weg und stoppte es. Noch war offen, wohin es weiterrollen würde.

Sibyl liess sich von den vielen Läden nicht ablenken, sie ging an der Sorbonne vorbei und hielt erst am Eingang des Jardin du Luxembourg inne. Durch das weit offene Gittertor trat sie ein und schlenderte bis zum künstlichen See, zog einen der grünen Stühle über den gekiesten Weg heran und setzte sich.

So nah am Wasser waren sie nie gesessen, sondern weiter zurück bei der Rasenfläche. Einen Stuhl an den andern geschoben, redeten sie, manchmal sassen sie auch auf einem der Bänke. Sibyl nahm missbilligende Blicke der vorbeispazierenden älteren Leute wahr, sie, die junge, blonde Frau, sass eng umschlungen mit einem Mann von hellbrauner Haut, Nordafrikaner wahrscheinlich, wieso suchte sie sich nicht jemand ihresgleichen. Malik bemerkte die Blicke auch, trotzig starrte er zurück, bis sich die Leute abwandten.

An diesen Nachmittagen oder Wochenenden, wenn sie die Strahlen der Wintersonne oder des frühen Frühlings ausnützten für die Ausflüge in den Park, erzählte er ihr von sich.

Von seiner Kindheit in Rabat, als sein Vater als kleiner Beamter für die Franzosen arbeitete. Malik spielte mit seinen Kollegen in den Hinterhöfen Ball, ganze Nachmittage und Abende. In der Schule strengte er sich an. Sein Vater, Jemal, der nach dem Abzug der Franzosen keine gleichwertige Stelle mehr fand, sprach von Übersiedlung nach Frankreich. Die Mutter, Samira, wandte sich wortlos ab, wenn Vater und Sohn von Paris träumten. Sie sprach kein Französisch, verliess kaum das Haus.

Als Malik zehn war, zogen sie nach Paris. Sie fanden ein bescheidenes Appartement in einem Vorort. Aus der Beamtenstelle für den Vater wurde nichts, er kam bei einer Konservenfabrik unter. Malik besuchte eine französische Schule. Aber seine Klassenkollegen hiessen nicht Arnaud, François oder Benoît, sondern Mohammed oder Rachid. Das Leben der Franzosen blieb ihnen verschlossen.

Malik besorgte die Einkäufe, seine Mutter verliess die Wohnung kaum mehr. Sie starb an einer nicht genau bestimmten Krankheit, das Geld für aufwendige Untersuchungen fehlte.

Das Leben in der Vorstadt unterschied sich nicht so sehr von jenem in den Hinterhöfen von Rabat. Malik war nicht unglücklich, er konnte das gewünschte Studium absolvieren. Nur in Paris selbst fühlte er sich nie wohl, dort blieb er ein Ausländer, einer unter vielen. Wenn in der Metro eine Polizeikontrolle stattfand, nahm man ihn und die andern Nordafrikaner als Erste auf die Seite. Man gab ihm keine Stelle, die Ingenieurstellen waren immer schon besetzt, wenn er sich meldete, oder man vergab sie hinter seinem Rücken an einen Franzosen.

Seit fast drei Jahren fuhr er morgens in die Stadt, sah in einem Café die Stellenausschreibungen durch, ging beim Arbeitsamt vorbei, doch sie wollten ihm nur schlecht bezahlte Jobs vermitteln, irgendwelche Jobs. Aber er war Ingenieur, Brückenbauer, das war seine Arbeit. Er verbrachte den Tag irgendwie, bevor er am späten Nachmittag in die Banlieue zurückkehrte.

Auch Sibyl erzählte von ihrer Kindheit. Aber es gab nicht viel zu sagen. Da waren nur das Reihenhaus in der Stadt, der Vorgarten, die beiden alten Fräulein Stuber, die Mutter und der Vater. Die Eltern erwähnte sie kaum seit dem Besuch im Februar, weil sonst ein Schatten auf Maliks Gesicht fiel. Und die kleine Sibyl? Das war nur ein verträumtes Mädchen, das mit Käfern spielte, stundenlang im Garten sass und ohne sein kleines Stoffeinhorn abends nicht einschlief. Das Leben ihrer Kindheit floss gleichmässig dahin.

Sonst nichts?

Nein, sonst nichts.

Malik lachte, lachte sie aus.

Sibyl versuchte ihn abzulenken, er sollte ihr von Ouarzazate erzählen, diesem Ort, dessen Namen so geschmeidig über die Zunge glitt. Im Ouarzazate hatte er den vergangenen Winter zugebracht, als ihn die Arbeitslosigkeit zu zermürben drohte. Im marokkanischen Ouarzazate am Rande der Wüste lebte sein Onkel, ein Bruder des Vaters, er führte dort ein Teppichgeschäft. Der Onkel hatte keinen Sohn und somit keinen Nachfolger, er war an Malik interessiert, auch wenn Bruder und Neffe für ihn Landflüchtige waren, die sich bei den Franzosen, den ehemaligen Besatzern, angebiedert hatten.

Wie war dieses halbe Jahr in Ouarzazate, warst du glücklich dort, fragte Sibyl.

Glücklich, was für grosse Worte, Malik winkte ab. In Ouarzazate könnte ich leben, das ist alles, dort habe ich Verwandte und ein Auskommen. Der Onkel braucht mich, ich bin jederzeit willkommen. Nur habe ich mir noch nicht aus dem Kopf geschlagen, doch noch Brücken zu bauen. Ich habe diese Ausbildung gemacht, ich will sie anwenden, ich bin Ingenieur. Vielleicht in der Schweiz, Sibyl?

Sie hoffte es. Ouarzazate, das mochte gut sein für ein halbes Jahr, aber es war kein Leben für ihn. Sie stellte sich ihn vor zwischen Teppichen, wie er den Kunden, Franzosen oder anderen Touristen, heissen, starken Tee servierte, während sein Laufbursche Teppich um Teppich ausrollte. Glucksendes Lachen stieg in ihr auf, sie unterdrückte es. Malik, der Teppichhändler. Das würde die Vorurteile der Eltern bestätigen.

In Paris hatte er ein paar Teppiche unter der Hand verkauft, die er aus Marokko mitgebracht hatte, das wusste sie. Ein paar lagerten noch in der Wohnung in der Banlieue, die sie nur einmal betreten hatte, um seinen schweigsamen Vater kennen zu lernen. Aber das war nichts für ihn. Malik war Ingenieur, eigentlich Franzose, Ouarzazate nur ein exotischer Ort aus dem Land seiner Vergangenheit. Ouarzazate hatte keine Zukunft.

Er erhob sich, hielt ihr die Hand hin.

Sibyl blieb sitzen, sie schaute auf die graugrüne Wasserfläche. Da war keine Hand, kein Malik, kein Ouarzazate. Da war nur dieser künstliche See, auf den schon Maria de Medici gestarrt hatte, von ihrem Witwensitz aus, dem Palais du Luxembourg. Sie habe das Palais erbauen lassen, nachdem ihr Mann, König Henri IV, ermordet worden sei, so stand es im Reiseführer.

Was zählten schon die einundzwanzig Jahre seit Sibyls Erlebnissen mit Malik. Maria de Medici lebte hier im frühen 17. Jahrhundert, seit damals hatte dieser Park im Leben unzähliger Menschen etwas bedeutet. Einzelschicksale verloren ihr Gewicht, wenn man den Blickwinkel der Zeit weitete. Jahrzehnte, Jahrhunderte schnurrten vorbei wie ein zu schnell abgespielter Film. Alles wiederholte sich, war schon da gewesen.

Sibyl stand auf, sie fröstelte. Die Märzsonne, die den feuchten Park erwärmt hatte, war hinter dem Palais verschwunden. Sibyl verliess den Park, ohne zurückzublicken. Sie bog in die Rue St. Jacques ein und war bald wieder in der Rue des Ecoles. Oben im Zimmer zog sie die Schuhe aus, nahm die Bücher aus dem Koffer und legte sich auf das Grandlit.

12. März

Ein Bild vom arabischen Einhorn, dem Karkadann, ist vor mir aufgeschlagen. Eine Frau hat ihre Brüste entblösst, sie bietet sie einem kleinen, zierlichen Einhorn dar. Sie hat Vertrauen, es ist Teil des Liebesspiels, das Einhorn findet bei ihr Schutz, Wärme und Sicherheit.

Im Buch findet sich eine Beschreibung des Karkadanns. Es sei gross, stark und böse, in der Gestalt einem Büffel oder Stier ähnlich, mit magischen Kräften ausgestattet und oft mit Flügeln.

Ein geflügeltes Einhorn? Das habe ich bis jetzt nicht angetroffen. Das Einhorn ein geflügeltes Wesen, das sich in die Lüfte hebt und entschwebt? Diese Vorstellung gefällt mir, sie passt zum flüchtigen Wesen des Einhorns.

Iskandar, das heisst Alexander der Grosse, habe gegen das Karkadann gekämpft. Es sei so stark, dass es Elefanten bezwinge. Sein Horn, zu Bechern verarbeitet oder zu Pulver zerrieben, sei heilkräftig und stärke die Liebesfähigkeit.

Zerriebenes Einhorn-Horn als Aphrodisiakum? Das ist mir neu. Aber die Heilkraft des Horns war auch im Abendland bekannt.

Das Karkadann, ich weiss nicht. Wenn ich es mir vorstelle, ist es nicht so gross und stark wie beschrieben und schon gar nicht böse.

Wie ist der Kampf mit Alexander ausgegangen? Dazu steht nichts. Im Kampf kann man das Einhorn nicht besiegen, aber man kann es mit einer Jungfrau fangen oder gegen einen Baum rennen lassen. Vielleicht hat er die List mit dem Baum angewandt, ist plötzlich hinter dem Stamm verschwunden, und das Einhorn ist mit dem Horn im Baum stecken geblieben? Diese List kannte auch das tapfere Schneiderlein in Grimms Märchen. Oder eine Jungfrau ist gekommen. Die magischen Fähigkeiten des Einhorns versagten, es wurde friedlich, legte der Frau den Kopf an die Brust oder in den Schoss, und sie nahm es in die Arme.

Ich schliesse das Buch. Das Karkadann. Es wird mich heute Abend begleiten, damit ich nicht allein bin. Niemand wird es sehen, es wird einfach bei mir sein, wenn ich die nahe Rue Mouffetard hinunterspaziere und wieder hinauf.

Diese Strasse mit ihrem Markt am Tag und der Geschäftigkeit am Abend mag ich. Unzählige Male bin ich sie entlanggegangen, allein oder zusammen mit Malik. Sie wird sich nicht sehr verändert haben. Es wird noch immer viele Restaurants haben, griechische mit Souvlaki, nordafrikanische mit Couscous, französische mit Leberpâté, Beefsteak und Pommes frites.

Ich werde dort nicht essen, ich habe nur das Karkadann und kein Gegenüber, aber ich werde mir an einem Stand eine Crêpe kaufen, Crêpe au chocolat oder au marron, beide liebe ich noch immer. Ich werde in die heisse Crêpe beissen und aufpassen, dass ich meine Jacke nicht mit der dunklen Sauce beflecke. Ich werde nicht an die Vergangenheit denken, sondern ans Karkadann und an morgen, an die Einhorn-Teppiche im Musée de Cluny.

13. März

Ich sitze unter der Kuppel im grauen Rund des Einhornsaales im Musée de Cluny. Seit einer Stunde bin ich schon da, und der Wärter beäugt mich argwöhnisch. Die anderen Touristen verweilen zehn bis zwanzig Minuten im Halbrund der fünf Teppiche, die den fünf Sinnen gewidmet sind, und vor dem abschliessenden Teppich gegenüber. Der Raum ist verdunkelt, umso mehr stechen die hellen Leiber der Einhörner hervor, der Prunk der Damen und das intensive Rot und Blau der Teppiche. Respektvolles Gemurmel dehnt sich aus, ein Sprachengewirr, das manchmal anschwillt, wenn eine Gruppe den Raum betritt.

Ich fühle mich benommen, schaue von einem Einhorn zum andern und von einer Dame zur nächsten. Immer wenn ich überzeugt bin, sie erkannt zu haben, entziehen sie sich.

Im Zentrum des Teppichs, der den Geschmackssinn darstellt, steht eine Dame mit wehendem Schleier. Sie ähnelt einer Prinzessin, das Brokatkleid und der Schmuck sind märchenhaft golden. Die Dame wirkt edel, das Einhorn possierlich.

Auf dem Teppich des Gehörs spielt die Dame selbstvergessen auf einer kleinen Orgel. Sie ist in Melancholie versunken, während das Einhorn apathisch daliegt, in seiner Gestalt grotesk deformiert.

Im Teppich des Gesichtssinns umfängt die Dame liebevoll das anmutige Einhorn. Aber sie straft diese Gebärde Lügen, indem sie ihm den Spiegel herablassend hinhält.

Der Geruchsteppich zeigt eine zurückhaltende Dame mit verschwommenem Gesicht, die mit distanzierter Gebärde an ihrem Nelkenkranz flicht, während das Einhorn sie als ergebener Bannerträger beobachtet.

Den Teppich des Tastsinns beherrscht die grösst gewachsene Dame, eine königliche Erscheinung mit langem, wallendem Haar, die das Horn des kleinst gewachsenen, eher biederen Einhorns umfängt.

Und beim abschliessenden Teppich «Mon seul désir»? Die Dame mit kurzem Haar hat Schmuck in der Hand. Sie lässt ihn zurück in die Schatulle gleiten. Dabei wirkt die Dame verträumt und distanziert, wie wenn dieser Vorgang des Verzichtens sie nicht betreffen würde. Sie hat mit der Welt und ihren sinnlichen Vergnügungen abgeschlossen. Das Einhorn ist erstarrt in seiner Stellung als Wappenträger, ähnlich wie im Geruchsteppich, es wirkt statisch. Nur sein Auge ist lebendig und menschlich.

Auf allen Teppichen präsent ist der mutwillige Löwe. Meist findet sich auch die kleine Dame, eine Dienerin oder zudienende Freundin der grossen Dame. Nie fehlen die Wappen mit den sichelförmigen, silbernen Halbmonden.

Man kann sie beschreiben, die Teppiche. Aber kommt man ihnen so näher, erklärt man ihre Faszination?

An den blauen Inseln saugen sich meine Augen fest. Sie heben mit ihren Bewohnern ab, sie gaukeln über die gerundete Wand dahin, schwanken und schweben, wenn ich nur die Augen halb schliesse. Meine Augen gleiten über Geschmacks-, Gehör-, Gesichts-, Geruchs- und Tastsinn. Mir wird schwindlig, die Damen ziehen dahin, die Einhörner gleiten vorbei, sie lassen sich nicht fassen.

Abrupt drehe ich mich auf meiner Bank um, zu «Mon seul désir». Die Dame hat alles ausprobiert, aber die Sinne haben ihr nur Vergnügungen verschafft, die an ihr abgeglitten sind. Wie von Wunderhand hat sich ein Zelt hinter ihr aufgebaut, die zu Figürchen erstarrten Bannerträger Einhorn und Löwe halten es für die Dame offen.

Sie legt den Schmuck ab, wird auch ihre kostbaren Gewänder ausziehen. Ich stelle mir vor, dass sie ein einfaches Büsserhemd überstreift. Dann zieht sie sich ins Zelt zurück, das mit goldenen Tränen übersät ist. Sie entsagt der Welt und ihren sinnlichen Verlockungen, besinnt sich auf das Wesentliche.

Vielleicht bedeutet dieses Entsagen nur den Verzicht auf Vergnügungen aller Art, vielleicht aber auch den Rückzug hinter Klostermauern, oder es könnte gar die letzte Konsequenz der Abkehr von der Welt gemeint sein, der Tod, das Hinwenden zum Jenseits.

Vor einer halben Stunde, als ich auf die eben niedergeschriebenen Zeilen starrte, umklammerte mich plötzlich die Angst. Alles drehte sich um mich, ich konnte nicht mehr atmen. Ich schloss das Buch des Einhorns und verliess fluchtartig den Saal. Kaum nahm ich etwas wahr in den anderen Sälen des Museums.

Ich setzte mich irgendwo hin, zog die Informationsbroschüre zu den Einhorn-Teppichen hervor. Beim Querlesen stiess ich auf das Wort «Sibyllen». Von fünf verschollenen Teppichen mit Sibyllen und Einhörnern las ich, die einst im selben Besitz waren wie die Teppiche der Dame mit dem Einhorn.

Sibyl. Dieser Name mit dem zischenden S als Auftakt, den hohen Vokalen und dem beschwingten, exaltierten L am Schluss. Die Zunge blockiert den Mundraum bei den beiden I und versteckt sich beim L hinter den oberen Zähnen. Ein Name, der nicht richtig aus dem Mund herauskommt.

Für meine Mutter bedeutete Sibyl «die Gottesraterin», darum hat sie für mich diesen Namen gewählt. Ich ziehe die Umschreibung «weissagende Frau» vor.

Weissagen? Mein eigenes Unheil habe ich nicht vorausgesehen, es geschah unvorbereitet. Ich bin nicht weise. Möchte ich es sein? Vielleicht in dem Sinn, dass ich andere begleiten möchte, weise, nicht weissagend. Aber vorerst muss ich mein eigenes Leben erkennen, ich darf nicht davonlaufen.

Ich war aufgestanden und zum Ausgang des Museums gelangt. Dort hielt ich inne und atmete tief ein. Nein, ich wollte nicht fliehen. Ich ging durch die Säle zurück und geradewegs in den kreisrunden hinein, zurück in die Welt des Einhorns und der Dame. Der Wärter musterte mich skeptisch.

Nun sitze ich wieder da. Vorhin war ich vor dem Teppich des Tastsinns stehen geblieben. Ich hatte mich vorgebeugt, um glauben zu machen, dass ich die Struktur studiere. Der Wächter, der weit entfernt in meinem Rücken stand, konnte nicht sehen, dass ich mit der Hand das Einhorn berührte, ihm über die Flanken strich, ich musste es einfach tun. Die Ruhe und Harmonie der Teppiche ging auf mich über, meine Beklemmung ist weg.

Vielleicht gibt es eine andere Deutungsmöglichkeit, die ich erst jetzt erkenne. Wer sagt denn, dass die Dame auf dem Teppich «Mon seul désir» den Schmuck ablegt. Vielleicht nimmt sie ihn auf, wählt den Schmuck für diese eine, spezielle Gelegenheit. Das Zelt mit der Inschrift «Mein alleiniges Verlangen» ist prunkvoll, es ist keine Büsserinnenzelle, aber es steht leer. Die Dame wird passend geschmückt hineinschlüpfen, sie wird den Vorhang mit den goldenen Tränen sorgsam hinter sich zuziehen. Was dann geschieht, weiss nur die Dame selbst. Die Dienerin, der Löwe, das Einhorn und alle andern, kleinen Tiere bleiben draussen.

Gut möglich, dass das Einhorn aus seiner Erstarrung erwacht, wenn sich die Nacht über das Zelt senkt, und die Standarte zu Boden gleiten lässt. Vorsichtig steckt es den Kopf in den Spalt des Eingangs und äugt mit seinen menschlichen Augen nach der Dame. Nach einer Weile schiebt es sich ganz durch den Spalt, und der Vorhang fällt hinter ihm.

Bald werde ich mich erheben und die Dame mit dem Einhorn auf ihrer Insel zurücklassen. Ich werde die träumerische Anmut der Dame und die traumwandlerische Sicherheit ihrer Gebärden vermissen. Und auch diesen abgedunkelten Raum, der die Konzentration auf das Wesentliche erlaubt. Die Dame und ihr Begleiter, das Einhorn, haben mich in eine andere Welt geführt.
Ich weiss, die Dame und das Einhorn sind auch mit der reellen Welt verknüpft. Ich habe ihre Geschichte in der Broschüre überflogen, so gut es ging im Dämmerlicht, und ich werde sie, zurück im Hotel, gründlich studieren. Vom Emporkömmling Jean Le Viste habe ich gelesen, dessen Familienwappen mit den Monden so prominent auf den Teppichen prangt. Er soll seine Karriere am Königshof Ende 15. Jahrhundert mit der Bestellung der Teppiche gefeiert haben. Durch verschiedene Hände und durch die Jahrhunderte gingen sie, bis sie von der französischen Schriftstellerin George Sand Mitte 19. Jahrhundert entdeckt und bekannt gemacht wurden.

Die Geschichte der Teppiche lässt mich merkwürdig kalt. Sie haben sich in ihrer Bedeutung längst von ihrem Besteller und den späteren Besitzern gelöst und verselbständigt.

Die Dame und das Einhorn sind auf ihren Inseln durch die Zeit geglitten, sie haben sich nie festmachen lassen. Sie bilden eine Einheit auf den Teppichen, die Dame ist ohne Einhorn nicht denkbar, das Einhorn nicht ohne Dame.

Eben habe ich mich ins Schaumbad in meiner grossen Badewanne gelegt und wieder einmal Rilkes Einhorn-Sonett gelesen. Vom *Tier, das es nicht giebt,* spricht er. *Doch weil sie's liebten, ward ein reines Tier.* Rilke schrieb dieses Sonett an Orpheus, nachdem er in Paris die Cluny-Teppiche gesehen hatte.

Das Rilke-Buch ist nass geworden in der Badewanne. Es trocknet jetzt auf dem Radiator, die Einhorn-Zeilen wellen sich.

Ich sitze bereits im Bett. Heute werde ich nicht mehr ausgehen, mein Kopf ist zu voll. Eine Kopie aus der Korrespondenz von Rilke mit der Gräfin Sizzo liegt auf meinen Knien. Ich habe diese Kopie kürzlich in der Landesbibliothek gemacht, aufgrund eines Hinweises in der Einhorn-Literatur. Diese Briefstelle ist eine kleine Trouvaille. Das Einhorn bedeutet für Rilke *alle Liebe zum Nicht-Erwiesenen, Nicht-Greifbaren, aller Glaube an den Wert und die Wirklichkeit dessen, was unser Gemüt durch die Jahrhunderte aus sich erschaffen und erhoben hat.*

Zurück

Sibyl stieg am Helvetiaplatz aus dem Tram, sie hatte ihren neuen Frühlingsmantel angezogen. Wie so oft überquerte sie die Fahrbahn, ohne auf den Verkehr zu achten. Die kreischenden Pneus brachten sie nicht aus der Ruhe, sie streifte den gestikulierenden Fahrer hinter der Scheibe mit einem Blick und liess die Augen weitergleiten zum Historischen Museum. Der schlossartige Bau mit den Türmen war ein Eckpfeiler ihrer morgendlichen Wahrnehmung, das Café gegenüber am Eingang der Helvetiastrasse ein zweiter Anhaltspunkt. Sie hätte nicht einmal sagen können, wie das Lokal hiess, sie musterte nur die leeren Morgengesichter hinter der Scheibe und schlenderte an den Bäumen vorbei, die in gerader Linie zur Ostecke der Landesbibliothek hinführten. Welche Art Bäume waren das? Seit zwanzig, nein, einundzwanzig Jahren ging sie an ihnen vorbei und kannte sie nicht. Sie kniff ihre Augen zusammen und musterte das kahle Geäst, das keinen Namen preisgab.

Aber sieh mal da, die Äste waren mit dicken Knospen gespickt. Sibyl beschleunigte ihre Schritte, fast beschwingt ging sie dahin. Die Knospen würden in wenigen Tagen aufspringen, nichts konnte sie aufhalten. Sibyl lachte vor sich hin und dachte an Paris damals, als sie das erste Grün wie eine Offenbarung begrüsst hatte. Frühling, ein neues Leben, Rückkehr und Neuanfang.

Sie ging an der endlich aufgehobenen Baustelle vorbei, wo so lange am neuen, unterirdischen Büchermagazin gebaut worden war. Endlich keine Bretterwand mehr. Sie bog um die Ecke, im Gymnasium gegenüber herrschte Ruhe, sie sah die Köpfe der Schülerinnen und Schüler vor der Wandtafel. An der Schulbaracke vorbei und die Treppe hoch ging sie, grüsste Frau Tobler am Empfang und lächelte ihr zu, schlenderte weiter durch den

Korridor und öffnete die Bürotür. Susann blickte Sibyl erwartungsvoll an.

Sibyl liess die Tasche fallen, fühlte sich plötzlich schwer. Sie schloss die Tür, hängte den Mantel an den Haken, nahm die Tasche vom Boden und ging mit einem gemurmelten Gruss an ihren Tisch.

Susi Weber starrte wütend auf das fein geschnittene Gesicht mit den niedergeschlagenen Augen gegenüber. Kein Wort von Paris, keine Frage wie sie, Susi, sich fühlte. Sollte Sibyl sich doch über ihre Bücher beugen und katalogisieren, katalogisieren. Zu was anderem war sie nicht fähig.

Susi schüttelte den Kopf. Nein, sie selbst war blöd. Seit mehr als siebzehn Jahren arbeitete sie mit Sibyl Wiegand, und noch immer erwartete sie von ihrer Bürokollegin, die als Stellvertreterin von Andreas Nuspliger auch ihre Vorgesetzte war, etwas mehr als nur die üblichen paar Worte, etwas, das über Grussworte, Kommentare zum Wetter und zur Arbeit hinausging. Sibyl hatte keine Chefallüren, das war es nicht, sie war immer, fast immer, höflich und korrekt. Aber nicht mehr.

Und das ärgerte Susi. Sie waren fast gleich alt, beide allein stehend, hatten den gleichen Beruf, arbeiteten im selben Büro. Susi hätte ein bisschen plaudern wollen, über das Wochenende, die Ferien, Freunde.

Sibyl war nicht allen gegenüber so zugeknöpft, das war das Verletzende. Als Joris bei ihnen Praktikant gewesen war, hatte sie die beiden manchmal mitten im Gespräch ertappt. Sibyl schaute staunend in Joris' Gesicht. Von Büchern war die Rede, romantischen Dichtern, einzelne Gedichtstellen wurden zitiert, aus Büchern, die sie katalogisierten oder im Magazin holten. Sie, Susi, las auch, konnte mit Lyrik allerdings nicht viel anfangen. Sie hätte mitdiskutieren können, sie wollte etwas sagen, aber immer brach Sibyl die Diskussion ab, indem sie sich bei Susis Erscheinen von Joris abwandte und das nächste Buch in die Hand nahm. Manchmal schlug sie etwas im Regelwerk nach, bald hörte man nur noch das leise Klappern der Tasten. Wenn Sibyl das Büro verliess, sprach Susi manchmal mit Joris, und er war auch ihr gegenüber zuvorkommend, er hörte ihr zu.

Und da war nicht nur Joris. Sie hatte früher oft Stimmen aus Andreas' Büro gehört, und es war Sibyl, die dort mit dem Chef redete. Lange sprach, manchmal auch nach Arbeitsschluss. Ob da nicht einmal mehr gewesen war? Susi hatte gesehen, wie die beiden einander anschauten, wenn sie sich unbeobachtet glaubten.

Aber das war vorbei. In Andreas' Büro wurde nicht mehr geredet, Sibyl und er mieden einander.

Vielleicht hatte Sibyl Susi nie verziehen, dass sie die Nachfolgerin von Marianne gewesen war, als diese ihr erstes Kind erwartet hatte und wegen Komplikationen schon ab Beginn der Schwangerschaft zu Hause geblieben war. Mit Marianne war Sibyl befreundet gewesen, sie war es wohl immer noch. Susi konnte Marianne nicht ersetzen, sie wollte es auch nicht. Aber sie sah nicht ein, wieso sie von Sibyl so kühl behandelt wurde. Mit Nichtbeachtung gestraft, seit mehr als siebzehn Jahren.

Einmal hatte Susi einen Fehler gemacht. Das war lange her. Susi hatte sich ohne Absprache mit Sibyl für die gleiche Reise eingeschrieben. Sibyl verbrachte immer zwei Wochen Herbstferien auf einer Wanderreise, und zwei Wochen Frühlingsferien mit ihrer Mutter im Tessin oder im Wallis, damals, als ihre Mutter noch gelebt hatte. Sibyl hatte Susi von der geplanten Korsikareise erzählt, und Susi war überraschend am Treffpunkt der Gruppe aufgetaucht, ohne Sibyl von ihrer Teilnahme zu erzählen. Sibyl war damals eingeschnappt, sie hatte mit Susi während der ganzen Reise kaum ein Wort geredet. Danach war sie im Büro noch schweigsamer gewesen.

Aber auch das war sicher fünfzehn Jahre her, Susi hatte sich nie mehr aufgedrängt. Sie hatte gute Kolleginnen in der Bibliothek, mit denen sie die Pause verbrachte. Aber sie hatte keine Freundin, keine Freundin wie Sibyl es hätte sein können.

Sibyl war umworben, nicht nur von Susi. Sie habe eine tragische Aura, hiess es in der Bibliothek, und man liess sie gewähren. Manchmal hasste Susi die Bürokollegin. Sibyl war distanziert und nie richtig anwesend, und gerade das machte sie interessant.

Susi betrachtete den hellgrünen Frühlingsmantel an der Tür und beschloss, diesmal nicht aufzugeben.

Wie war's in Paris, warf sie hin.

Sibyl fuhr sich über die Stirn, wie wenn sie eine Fliege abwehren wollte. Sie beherrschte sich und fragte nicht nach, wieso Susann wusste, dass sie in Paris gewesen war, Sibyl hatte es ihr nicht mitgeteilt.

Ach, weisst du, das Wetter war ziemlich regnerisch, ich konnte nicht die langen Spaziergänge machen, auf die ich mich gefreut hatte.

Wegen des Regens hast du also den neuen Regenmantel gekauft.

Ja. Nein. Ich musste sowieso mal was Neues zum Anziehen haben.

Und wieso hast du grün gewählt, du trägst doch sonst nur dunkle Farben? Susi gab nicht auf, heute würde sie Sibyl nicht schlüpfen lassen.

Das geht dich nichts an. Sibyl blickte Susi für einmal direkt ins Gesicht.

Susi liess den Kopf sinken.

Sibyl schlug das nächste Buch auf, doch Autor und Titel verschwammen vor ihren Augen. Wieso liess sie sich hinreissen, immer wieder und gerade bei Susann. Sie hatte nichts gegen Susann. Susann hatte ihr nichts getan, und doch ertrug Sibyl sie manchmal kaum. Vielleicht war es, weil die Bürokollegin sie nie aus den Augen liess. Sie befand sich immer in Susanns Blickfeld, fühlte sich beobachtet, eingeengt.

Sibyl schüttelte den Kopf und erhob sich, ging hin zu Susann, legte ihr die Hand auf die Schulter. Ich hab es nicht so gemeint.

Es ist nur – solche Dinge sind manchmal schwierig in Worte zu fassen. Ich habe das helle Grün ausgewählt, weil es die Farbe des Frühlings ist. Dieses Frühlings und vergangener. Sibyl kehrte zu ihrem Tisch zurück und setzte sich.

Susi nickte ihr zu, sagte nichts. Sie nahm nun ihrerseits das nächste Buch in die Hand, und bald klapperten beide Tastaturen in unterschiedlichem Rhythmus.

Als Joris Sibyls blonde Haare erblickte, tief über den Kaffeebecher gebeugt, setzte er sich zu ihr.

Du musst erzählen, sagte er. Wie war's in Paris.

Sie musterte ihn nachdenklich, lächelte dann. Also, es hat viel geregnet, aber ich war im Jardin du Luxembourg und in verschiedenen Museen. Am Samstag, dem einzigen regenfreien Tag, bin ich kreuz und quer durch die Stadt geschlendert und habe eingekauft.

In welchen Museen warst du?

Am Sonntag im Musée d'Orsay, am Montag im Louvre. Aber frag mich nicht, was ich im Louvre gesehen habe ausser der Mona Lisa, lachte sie, ich war am Montag schon museenüberfüttert. Im Musée d'Orsay habe ich die Werke gesehen, die früher im Musée Jeu de Paume ausgestellt waren. Malerei zwischen 1850 und 1910, Bilder aus einer verfeinerten Zeit, einer Endzeit, die mich fasziniert. Eine Welt, die auf ein Ende zugeht, ähnlich wie unsere Zeit.

Bevor er einhaken konnte, zählte sie Namen auf, Renoir, Degas, Manet, Monet, die bekannten Impressionisten, und Berthe Morisot, eine impressionistische Malerin.

Joris nickte. Und sonst, am Donnerstagnachmittag und Freitag, bist du im Hotel geblieben?

Joris durfte das fragen. Dieser junge Mann, so nannte sie ihn manchmal bei sich, er war so jung mit seinen einunddreissig Jahren, war nicht wirklich neugierig. Sie beide interessierten sich nur für ähnliche Dinge. Darum konnte sie jetzt nicht an sich halten.

Am Freitag war ich im Musée de Cluny, dem Mittelalter-Museum. Ich habe Teppiche gesehen, Teppiche mit einem Einhorn. Eine Dame mit Einhorn. Sie hielt einen Moment inne. Ich war beeindruckt.

Was hat dich fasziniert an diesen Teppichen? Er insistierte, beugte sich vor.

Das Einhorn, die Dame, ihre Einsamkeit, ihr Verzicht. Die Farben der Teppiche, die Stimmung im Raum. Das Geheimnis dieser Teppiche, das man nie lüften wird, auch wenn man ihre Herkunft kennt und den Maler der Entwürfe und die Ausführenden bestimmen könnte. Das Geheimnis liegt in den Teppichen selbst, in ihrer Wirkung.

Joris rührte in seinem Kaffee, er wollte etwas erwidern, aber in diesem Moment setzte sich die lärmige Gruppe mit Susi und den Frauen von der Ausleihe an den Nebentisch. Sibyl wandte sich ab. Er beobachtete, wie sie den Kaffee in wenigen Schlucken austrank und sich erhob.

Bis bald, sagte sie und warf den Kaffeebecher in den Kübel.

Bist du es, Rahel? Sibyl setzte sich in den Fauteuil und platzierte das Telefon auf ihrem Schoss.

Ja, vielen Dank, Sibyl, für die Karte aus Paris.

An Paris bist du mitschuldig, Rahel, weisst du das?

Rahel kicherte. Daran bin ich gern schuld. Es freut mich, dass es für dich interessant war in Paris. Sie räusperte sich. Übrigens bist du auch mitschuldig.

An was denn, fragte Sibyl und lehnte sich zurück.

Asmir war bei uns zum Abendessen, Mam war plötzlich einverstanden.

Das ist schön, Sibyl lächelte.

Nein, es war nicht schön. Wir sassen am Tisch, und Marc hat nur Blödsinn gemacht. Immer wieder ist er mir unter dem Tisch auf den Fuss getreten, hat mir bedeutungsvolle Blicke zugeworfen. Dein Schatz ist da, sagte er immer wieder, dein Schatz Asmir. Die Eltern haben ihn schliesslich auf sein Zimmer geschickt, aber es wurde nicht besser, jetzt stellten sie Asmir Fragen. Zu seiner Familie, zu seiner Arbeit, wo er doch nicht arbeiten und keine Ausbildung anfangen darf, zum Geld, von was er lebe. Ob all dieser Fragen wurde Asmir ganz steif, er hat nicht so locker erzählt wie sonst, er sass an unserem Tisch, schaute verunsichert von Mutter zu Vater und nur selten zu mir.

Hat sich kein Gespräch ergeben?

Nein, der Vater wurde immer stiller, er schien abwesend. Mam schaute auf Asmirs Ellenbogen, die auf dem Tisch aufgestützt waren. Ich hab meine extra auch aufgestützt, das ist doch lächerlich. Sie trug das Dessert auf, man hörte den Klang der Löffel in den Glasschälchen, und das war alles. Es gab nichts mehr zu sagen. Die Eltern hatten nach seiner Ausweisung gefragt, und bei diesem Thema verstummte er ganz.

Und dann?

Wir sind aufgestanden, Asmir hat sich bedankt. Wir wollten noch auf den Bärenplatz etwas trinken gehen, aber die Eltern waren stur. Nicht so spät am Abend, haben sie gesagt, und ich habe gesehen, wie Mam aufatmete, als sich die Tür hinter Asmir schloss.

Ist es wirklich ernst mit der Ausreise Ende April?

Ich glaube schon.

Rahels Stimme brach, sie heulte ins Telefon. Weisst du, das Schlimmste ist, dass ich seine Ausreise manchmal fast herbeisehne, es ist alles so schwierig, es gibt keine Lösung. Er kann doch nicht immer nur rumsitzen. Es macht ihn verrückt. Wir hatten schon Krach, weil er mich nicht heimgehen liess. Er versteht nicht, dass ich mich manchmal den Eltern anpassen muss, wenigstens noch dieses Jahr. Aber was dann?

Ich kann dir nicht helfen, Rahel. Aber lass dich nicht zu sehr zwischen deinen Eltern und Asmir hin und her reissen. Bleib du selbst. Denk vor allem an dich, an das, was du machen willst und was dir wichtig ist.

Ja, schnupfte Rahel, ja, du hast Recht. Vielen Dank, dass du mir zugehört hast. Tschüss, Sibyl.

Nachdem sie aufgelegt hatte, umklammerte Sibyl einen Moment lang den Apparat. Wenn sie Rahel nur schützen könnte. Als kleines Mädchen hatte sich Rahel oft in ihrem Schoss geborgen gefühlt, und sie hatte die Arme um das Kind gelegt.

21. März

In dieser Nacht, als ich mich unruhig hin- und herwälzte, blieb zum ersten Mal das Einhorn neben mir stehen.

Bisher hatte ich es nur von weitem gesehen, in einer Ferne, die Annäherung verbot.

Aber jetzt kam es von selbst, es stand da, beäugte mich, meine Augen befanden sich auf gleicher Höhe mit den seinen. Ich streckte die Hand aus, berührte seine Mähne, die so fein ist wie Menschenhaar. Ich versuchte es zu streicheln, doch es wandte sich ab. Es begann zu tänzeln, wollte fort, ich zog die Hand zurück. Befreit sprengte es davon.

Ich schaute ihm nach, sah, wie sein Horn sich im Lauf auf und ab bewegte und wie die Mähne im Wind flog.

Ich war glücklich.

Eine Aussprache

Sibyl stützte die Hände auf den Bürotisch und lehnte sich im Stuhl zurück. Draussen fiel Sonne auf die Baracke des Gymnasiums; ihr Büro war dämmrig, aber sie wollte nicht das Licht einschalten. Heute war Donnerstag, am Sonntag würde die Sommerzeit beginnen. Sie freute sich jedes Jahr auf die mit Licht erfüllten Abende, die sie zu wenig nützte. Manchmal machte sie lange Spaziergänge, der Aare entlang, oder sie ging im Sommer ins Marzili baden, aber nur, wenn der Fluss warm genug war, das Schwimmbad mit den kreischenden Kindern mied sie.

Sie stieg beim Schönausteg oder im Eichholz ins grüne Wasser, genoss den Kälteschock und das Kribbeln auf ihrer Haut, liess sich in die Flut gleiten und neben anderen Köpfen mittreiben. Manchmal wechselte sie ein paar Worte mit diesen Köpfen, man verlor sich wieder beim Ausstieg aus dem Fluss, es verpflichtete zu nichts. Oft senkte sie den Kopf, tauchte möglichst lange ein in die stille Wasserwelt. Sie glitt dahin, ihr Körper umfangen von der grünlichen Flut, in die von oben Licht drang. Das einzige Geräusch war ein feines Sirren, das von den Steinen ausging, die auf dem Grund aneinander stiessen in ihrer endlosen Reise durch das Flussbett.

Aber jetzt war erst Ende März, der Sommer weit weg. Sie würde wie jeden Donnerstagabend in die Sauna gehen und dort Wärme, Wasser und Abkühlung finden.

Vor ihr lagen ein paar Vereinsschriften und Ausstellungskataloge, die schwierig zu erfassen waren. Sie sparte sich solche Knacknüsse für den späten Nachmittag auf, wenn Susann, die fast jeden Abend einen Kurs besuchte, das Büro verlassen hatte und auch sonst keine Störungen zu erwarten waren.

Widerwillig schlug sie die Jubiläumsschrift der Feuerwehr und Wehrdienstangehörigen des Amtes Kaltbrunn auf. Diese unnütze Papierflut, die die Landesbibliothek neben ihrem wichtigen Sammelgut überflutete, schwappte ihr manchmal über den Kopf. Sie blätterte das Bändchen durch und legte es wieder auf den Tisch zurück.

Es klopfte, Andreas erschien in der Tür. Er erschrak, als er sie wahrnahm, schien genauso überrascht wie sie selbst.

Ich wollte ... wollte nur Susi Weber ein paar Bücher hinlegen für morgen, sagte er unbestimmt.

Schon gut, Sibyl nahm die Jubiläumsschrift wieder in die Hand.

Andreas räusperte sich, er konnte sich nicht so abrupt zurückziehen, schliesslich war Sibyl seine Mitarbeiterin und um diese Zeit, zwanzig nach sechs, stellte er mit einem Blick auf die Uhr fest, noch an der Arbeit. Hast du ... hast du schwierige Fälle zu katalogisieren, möchtest du mich etwas fragen? Er machte ein paar Schritte zum Fenster und lehnte sich dort an den kleinen Tisch, an Joris' Tisch.

Nein, sagte Sibyl, ich komme schon zurecht.

Andreas fasste sich an den Kopf, er zog und zupfte an seinen kurzen, grauen Haaren. Du kommst immer zurecht, brach es aus ihm heraus, du schon. Bei mir ... ist es anders. Alles ist durcheinander seit dieser Zeit vor eineinhalb Jahren. Natürlich, ich bin zurück bei Helen, aber es ist nicht mehr ... wie vorher.

Sibyl legte das Büchlein zurück auf den Tisch und schob es weit von sich. Sie musste die Hände frei haben.

Andreas, ich kann nichts dafür, ich war dir sehr dankbar für deine Unterstützung, ohne dich hätte ich es nicht geschafft. Sie überlegte. Du bist noch mehrmals gekommen, ich wollte das auch. Dann bist du weggeblieben, ich verstehe es, du wolltest wieder zu Helen, ich hab dich nicht zurückgehalten. Ich trage dir nichts nach. Sibyl fuhr mit der linken Hand über den Tischrand, die Knöchel zeichneten sich weiss ab.

Das ist es nicht. Ich weiss, dass du darüber hinweg bist. Aber ich bin es nicht, mein Leben stimmt nicht mehr, es ist aus den

Fugen. Alles lastet schwer auf mir, was vorher selbstverständlich war. Jeden Abend komme ich nach Hause, bin leer, ausgelaugt. Ich sehe mich von aussen, wie ich im Büro sitze, die Bücher wechseln, die Mitarbeiter manchmal auch, aber ich verrichte Tag für Tag die gleiche Arbeit. Nie komme ich weiter, ich funktioniere nur.

Warum gibst du unserer gemeinsamen Zeit die Schuld an allem? Du hast mir einmal gesagt, dass sich in eurer Ehe nichts verändert habe durch mich, du hast Helen nicht einmal von uns erzählt.

Andreas drehte sich zu ihr, er musterte die gross gewachsene, schlanke Frau auf dem Bürostuhl gegenüber, die ihm in einigen kurzen Nächten so vertraut gewesen war, aber sein Blick glitt von ihr ab. Ich kann es nicht erklären, du bist nicht schuld, ich kann es nicht an dir festmachen. Aber seit dieser Zeit bin ich nicht mehr ich selbst. Es ist alles sinnlos. In der Zeit mit dir war alles klar, die Landschaft zeichnete sich überscharf am Horizont ab, und als ich von dir weggegangen bin, konnte ich nicht mehr in die frühere Zeit zurück, die mir plötzlich unscharf erschien, ein zäher Brei, der an mir klebte. Wie die Vergangenheit schien mir auch die Zukunft verschwommen. Und an diesem Zustand hat sich nichts geändert. Es ist zum Verrücktwerden, es ist eher noch schlimmer geworden. Ich verliere mich.

Sibyl erhob sich, sie zögerte nur einen kleinen Moment und ging auf Andreas zu. Sie legte ihm die Arme um den Hals, die Geste rief frühere Zärtlichkeit in ihr Gedächtnis zurück. Aber sein Körper blieb steif in ihrer Umarmung, er zitterte und wandte sich ab.

Das darfst du nicht tun, ich ertrage es nicht, stiess er hervor. Ich will nicht zurück in diese klaren Nächte.

Andreas, sagte Sibyl beruhigend und löste ihre Arme, das wollen wir beide nicht. Ich möchte dir nur helfen. Ich weiss doch, wie es ist, wenn nichts mehr ist, wie es einmal war.

Er schaute sie mit grossen Augen an, zupfte an seinem Ärmel und stürzte zur Tür. Du kannst mir nicht helfen, schrie er, du sicher nicht, mit dir hat alles angefangen. Er warf die Tür hinter sich ins Schloss.

Sibyl atmete tief aus. Wenigstens hatten sie zusammen gesprochen, sie wusste jetzt, was mit ihm los war. Ihre Schuld bestand darin, dass sie in sein Leben eingedrungen war, oder eher, dass sie es zugelassen hatte, dass er sich an ihre Seite stellte. Es war eine Ausnahmesituation gewesen, für beide. Sie hatte in ihrem Leben schon andere erlebt. Sie hatte genommen, was er ihr gegeben hatte, und dann kam es zu einem Ende, war für sie abgeschlossen. Aber bei ihm war etwas zerstört, ein Damm war in seinem Leben gebrochen.

Mit den Fingern fuhr sie über Joris' Tisch und blickte hinaus ins Dämmerlicht, in ihrem Büro war es inzwischen fast dunkel. Sie ging zurück zu ihrem Stuhl, bückte sich und klemmte die Tasche unter den Arm, an der Tür nahm sie den Mantel vom Haken. Nur weg. Sie stürzte am verwaisten Empfangstisch vorbei hinaus, möglichst schnell wollte sie in die Sauna, schwitzen, wegtauchen, alles vergessen.

Nichts konnte sie vergessen, der Schweiss perlte an ihr ab, und alles erschien nur um so deutlicher vor ihren Augen.

Andreas, wie er in ihr Büro trat, sie war allein an jenem 19. Juni vor fast zwei Jahren, Susann war in den Ferien. Er zog Susanns Stuhl heran und setzte sich neben sie, er nahm ihre Hände in seine.

Sie verstand nichts mehr, wieso diese zärtliche Geste von ihrem Chef, sie mochte ihn gut, aber sie standen sich nicht nah. Plötzlich wusste sie, dass etwas Schreckliches geschehen war. Wer, wer?

Die Mutter, fragte sie nach einer Weile zaghaft in Andreas' mitfühlendes Gesicht.

Ja, man hat eben angerufen, wir wollten nicht, dass du es am Telefon erfährst. Er schaute sie an, fuhr zögernd fort. Man fand sie vor der Haustür, sie lag da, neben sich den umgekippten Einkaufskorb. Der Arzt sagt, es sei ein plötzlicher Herzstillstand gewesen.

Sie klammerte sich unvermittelt an Andreas, grub ihm die Finger in die Schultern. Ich bin allein, sagte sie, ich habe niemanden mehr. Sie sind alle weg. Das Leben der Mutter habe ich zerstört, sie wollte nicht nochmals den Jahrestag jenes 20. Juni erleben. Jetzt kann ich nichts mehr gutmachen.

Scht, scht, Andreas zog ihren Kopf an seine Schulter, und sie konnte plötzlich weinen wie seit Jahren nicht mehr. Weinen, wie sie vielleicht nie geweint hatte, an jenem 20. Juni war sie erstarrt.

Andreas setzte sich mit ihr in ein Taxi, zusammen fuhren sie an den Merianweg 12. Er nahm alles in die Hand mit seiner sachlichen Art, organisierte zusammen mit dem Bestattungsinstitut die Aufbahrung der Mutter in der Leichenhalle, sprach die Todesanzeige mit Sibyl ab und gab sie auf, benachrichtigte die wenigen Verwandten. Zwischendurch verständigte er seine Frau, sie erwartete ihn erst spät. Als alles erledigt war, kaufte er Sandwiches, sie sassen einander gegenüber am Küchentisch, sie würgte, er redete ihr zu.

Und dann das Unerklärliche oder vielleicht doch einfach zu Erklärende. Sie schlief am Tisch fast ein, stützte mit der Hand ihren Kopf schwer auf. Er nahm sie bei der Hand, führte sie in ihr Schlafzimmer, entkleidete sie wie ein Kind und brachte sie zu Bett. Er setzte sich neben sie, strich ihr übers Gesicht, und plötzlich zog sie ihn zu sich herunter. Er legte sich neben sie, sie knöpfte sein Hemd auf, machte sich an seiner Hose zu schaffen. Er beugte sich über sie und war bald in ihr, es war eine Erlösung, und die Tränen flossen ihr nochmals übers Gesicht.

Sibyl wischte sich den Schweiss von der Stirn und stiess die Tür der Sauna auf, sie war viel zu lange dringeblieben. Sie stellte sich unter die Dusche, spülte alles weg, tauchte ins Kaltwasserbecken. Im Liegeraum legte sie sich hin, abseits von einer lauten Frauengruppe. Sie zog ihren Bademantel enger um sich.

Sie redeten nicht über das, was am Todestag der Mutter geschehen war. Er hatte sich angezogen, war nach Hause gegangen, und am nächsten und übernächsten Tag kümmerte er sich weiter um sie. Am Begräbnistag war er neben ihr; Marianne und Kurt Hansen, die auch ihre Hilfe angeboten hatten, brauchte sie nicht. Am Tag nach der Beerdigung war sie an die Arbeit zurückgekehrt, im Büro war alles wie zuvor.

Die Wohnung der Mutter liess sie unberührt, Staub senkte sich auf die Möbel. Wenn sie am alten Stubentisch ihrer Eltern sass, zeichnete sie selbstvergessen Muster auf den Tisch, den die Mutter immer blank poliert hatte.

Eine Woche nach der Beerdigung kam Andreas abends an ihre Tür, erkundigte sich, ob sie noch Hilfe brauche. Sie wusste, dass dies ein Vorwand war, er wusste es auch. Sie bat ihn herein, und etwas später waren sie im Bett.

Sie sprachen nicht über diese Begegnungen, redeten überhaupt kaum. Er tauchte noch mehrmals auf, den ganzen Sommer über, aber im Frühherbst kam er nicht mehr. Manchmal, im September, glaubte sie noch seine Schritte im Treppenhaus zu hören, auch wenn sie wusste, dass es vorbei war.

Sibyl räumte in jenem Herbst endlich die Wohnung der Eltern und vermietete sie. Das Leben ging weiter, aber sie sah die Mutter noch oft vor sich. Sie erschrak, wenn sie den kleinen Remo kreischen hörte, Kindergeschrei war so unwirklich. Dies war das Haus ihrer Eltern. Und jetzt waren sie einfach weg, beide weg. Sibyl war allein.

Sie stand auf, wollte nochmals in den Schwitzraum gehen. Mit einer Bewegung ihrer Schultern streifte sie den Bademantel ab und schaute an ihrem Körper herunter. Ein Mädchenkörper war das, fast ungebraucht, ungelebt. Keine Spuren von Geburten wie bei den anderen Frauen, keine Streifen über dem Bauch, keine schweren Brüste. Die anderen Frauen beneideten sie um ihren schlanken Körper, sie fühlte die Blicke auf sich. Sie konnten nicht wissen, dass Sibyl sie auch beneidete, um ihre Körper, mit denen sie gelebt hatten.

Diesmal wählte sie das Dampfbad, sie wollte noch mehr schwitzen. Sie sass auf der weissen Bank, eingehüllt im Dampf, und schüttelte den Kopf.

Nie hatte sie sich mit Andreas ausgesprochen, es schien nicht nötig. Erst in den letzten Monaten wurde ihr klar, dass er ihren Anblick nicht mehr ertrug. Sie war der Auslöser, dass ihm das Leben entglitt. Er dagegen hatte sie vom Tod ins Leben zurückgeführt, auf einem Stück gemeinsamen Wegs.

Er hatte Recht, sie konnte ihm nicht helfen. Gemeinsam Erlebtes bedeutete nicht für beide dasselbe.

28. März

Ich habe das Einhorn vernachlässigt und ebenso mein Buch. Andere Dinge haben sich dazwischengeschoben. Erste Frühlingstage. Andreas. Ich war nicht frei für das Einhorn.

Aber im Traum vor einer Woche hat es sich zurückgemeldet, ich habe von neuem in den Einhorn-Büchern zu lesen begonnen. Auch das Schreiben kann ich nicht lassen. Ich brauche das Einhorn, das Schreiben und mein Buch. Wie habe ich nur vorher gelebt, ohne all dies?

Eine Frage beschäftigt mich wieder. Wer hat das Buch auf meinen Tisch gelegt?

Joris oder Susann? Sie waren bei mir zu Besuch, sie haben das Stoffeinhorn gesehen. Nein, sie stehen mir zu wenig nah, sie kennen mich nicht genug. Sie haben ihr eigenes Leben, mischen sich nicht in meins. Sie wissen zu wenig von mir.

Kurt? Wieso bleibe ich an diesem Namen hängen. Einem Namen, der mit meiner Vergangenheit verbunden ist. Als Kurt neulich bei mir sass, schien die Zeit stillzustehen. Auch wenn wir uns nur selten sehen, ist die Vertrautheit da. Kurt steht für eine Geschichte, die einen Anfang, aber kein Ende nahm. Es kam alles anders. Hat Kurt mir dieses Buch geschenkt, weiss er, was er damit auslöst, schickt er mich zu den Anfängen zurück?

Oder Andreas? Ich habe ihm deutlich gesagt, dass unsere Zeit begrenzt sei. Stimmt das? Er hat Angst vor mir. Ich vielleicht auch vor ihm? Er war der erste Mann seit Malik. Es war alles so klar. Ich wollte nicht mehr von ihm als diese innigen Momente zu zweit. Vielleicht könnten wir daran anknüpfen. Müssten wir nicht?

Letzte Nacht habe ich mein Stoffeinhorn ins Bett genommen, habe es an mich gedrückt, meinen Körper um das Einhorn geschlossen.

Es hat mir keine Antwort gegeben.

Ich will sie nicht zur Rede stellen, diejenigen, die das Buch vielleicht hingelegt haben. Ich werde sie nicht fragen, nein. Sie müssen es mir selbst sagen. Oder vielleicht weiss ich es plötzlich, brauche ihre Hilfe nicht.

30. März

Wieder ein Wochenende allein zu Hause, aber es machte mir nichts aus.

Ich habe mich mit der grossen Zeit des Einhorns beschäftigt, dem Mittelalter. Speziell mit dem 15. Jahrhundert, das zum Jahrhundert des Einhorns wurde. Als das Konzil von Trient 1563 bildliche Darstellungen verurteilte, kam es mindestens beim Fabeltier zu spät: das Einhorn befand sich bereits auf zahllosen Teppichen, Altären, Gemälden und Gegenständen des Alltags. Und in der Medizin, der Heraldik, vor allem aber in der Phantasie vieler Menschen lebte es fort.

Eine grosse Frau des Mittelalters, Hildegard von Bingen, beschäftigte sich auch mit diesem Tier. Die deutsche Mystikerin, vor 900 Jahren geboren, erzählt eine Geschichte vom Fang des Einhorns, die ich den Einträgen zum Einhorn im Mittelalter voranstellen will:

Ein Tierforscher kann keines Einhorns habhaft werden, bis er eines Tages spazieren geht, begleitet durch eine Gruppe von Mädchen, die abseits auf einer Blumenwiese spielen. Das Einhorn sieht sie, hält inne und setzt sich verzückt auf die Hinterbeine, um den Mädchen zuzusehen. Und so kann der Gelehrte das Einhorn ergreifen.

Wenn nämlich ein Einhorn ein Mädchen von ferne sieht, wundert es sich, dass dieses Wesen keinen Bart hat und doch wie ein Mensch aussieht. Wenn es aber zwei oder drei Mädchen sind, wundert es sich um so mehr und kann schneller gefangen werden, da es sie unverwandt anstarrt.

Das Einhorn, das Hildegard beschreibt, muss männlich sein, anders kann ich die Geschichte nicht deuten. Es ist bezirzt von der Anmut der Mädchen, wie wenn es zum ersten Mal mit dem Weiblichen in Kontakt käme. Sich zu nähern, wagt es nicht.

Solche Scheu kennt der ebenfalls männliche Forscher nicht, er nähert sich dem Einhorn von hinten und ergreift es. Er hat keinen Sinn für poetische Szenen, er ist der Forscher, der ein Phänomen ein für alle Mal erfassen will. Habhaft will er des Einhorns werden. Er will es haben und in Haft nehmen. Er ist der Typ Forscher, der Schmetterlinge mittels Nadeln in Kästen aufspiesst.

Mir ist immer kalt geworden, wenn ich solche Schmetterlingskästen gesehen habe. Nicht einmal das schillernde Blau einzelner Arten hat mich halten können, ich habe die widerstrebende Mutter an der Hand gezerrt, fort von diesen Kästen mit den Aufgespiessten.

Eigentlich spiesse ich auch auf. Ich spiesse Bücher auf, Autor, Titel, Ort der Herausgabe, Verlag, Jahr, ISB-Nummer. Eine schreckliche Arbeit, Bücher auf ihr Gerippe zu reduzieren. Aber auch befriedigend. Ich nehme ein Buch mit kompliziertem Inhalt in die Hand, gebe ein paar Wörter und Begriffe in den Computer ein, und schon kann ich es wieder aus der Hand legen. Alles klar. Oder doch nicht? Einen Sinn macht meine Arbeit nur dadurch, dass ich die Buchgerippe anderen zur Verfügung stelle. Über die Gerippe finden sie die Bücher und können sich den Inhalt erschliessen.

Ich selbst mache dies zu wenig. Natürlich nehme ich fast jeden Poesieband heim, lasse Silben wie Pralinen in meinem Mund zergehen und spreche Gedichtzeilen, die mir gefallen, laut vor mich hin. Und ich lese belletristische Neuerscheinungen, aber keine Bücher über Politik, Wirtschaftswissenschaft, Recht oder Geschichte. Die Geschichte des Einhorns ist für mich Neuland.

1. April

Seit dem Sonntag ist wieder Sommerzeit. Ich geniesse die hellen Abende. Auch jetzt fällt noch Tageslicht auf meinen Arbeitstisch und die Bücher.

Ich beobachte die Streifen, die sich langsam über die Bücher schieben, die Lichtfinger, die nach den Einhörnern greifen und ihre Augen für einen Moment sehend machen.

Bilder aus dem Mittelalter sind vor mir aufgeschlagen. Sie zeigen die Einhorn-Jagd. Im Mittelalter schien das Einhorn so nah, dass man glaubte, es einfangen zu können. Auf den ersten Blick scheinen die Bilder identisch: Jäger gruppieren sich um eine Jungfrau, in deren Schoss sich das gejagte Einhorn flüchtet. Erst bei genauerem Hinsehen wird klar, dass sich die Bilder in ihrer Interpretation grundsätzlich unterscheiden.

Bei der mystischen Jagd hat das Einhorn religiöse Bedeutung. Es verkörpert Keuschheit und Liebe im christlichen Sinn. Das gejagte Tier findet Aufnahme im Schoss der Jungfrau Maria und wird als Christus geboren. Einer der Jäger ist oft der Verkündigungsengel Gabriel.

Anders bei der weltlichen Jagd. Hier steht das Einhorn für sinnliche Begierde und Lust. Seine Flucht vor den Jägern in den Schoss einer Jungfrau bedeutet den Liebesvollzug.

Die Doppeldeutigkeit der Einhorn-Jagd fasziniert mich. Oft ist kaum feststellbar, welche Art Jagd gemeint ist. Ich halte die Hand über die eine und andere Darstellung, versuche, das Einhorn zu fangen, einzugrenzen. Es gelingt mir nicht.

Das Einhorn springt hin und her, mühelos setzt es über den Zaun zwischen geistlicher und weltlicher Liebe, den die Menschen errichtet haben. Täusche ich mich, oder kräuselt so etwas wie ein Lächeln seine Nüstern? Seine Augen blicken nicht mehr sanft, sondern spöttisch.

Die erfolgreiche Einhorn-Jagd ist eine Illusion. Das wird auch Hildegards Forscher erfahren haben. Gerade wenn er meint, dieses flüchtige Tier erfasst zu haben, wird es sich vor ihm in nichts auflösen.

Die keusche Jungfrau und das Einhorn waren im Mittelalter ein unzertrennliches Paar. Dies galt für die mystische wie die weltliche Jagd. Nie wurde das Einhorn zusammen mit einer Frau dargestellt, die sexuelle Erfahrungen hatte, denn nur eine Jungfrau konnte das Einhorn fangen.

Keuschheit. Ich glaube, die Medaille der Cecilia Gonzaga in meiner Hand zu spüren. Das Foto liegt vor mir, diese Medaille von Pisanello hat es mir angetan. Gross und rund ist sie, kühl drückt sich das Metall in die Handfläche. Cecilia Gonzaga, die Tochter des Markgrafen von Mantua. Wie oft muss sie die Medaille in ihren Händen gehalten haben. Immer bei wichtigen Entscheiden. Immer, wenn sie sich vom Leben verlassen fühlte.

Auf der Vorderseite der Medaille ist Cecilia porträtiert, auf der Rückseite eine Jungfrau mit Einhorn. Die Jungfrau sitzt halb nackt in einer felsigen, unfruchtbaren Gegend. Sie ist vornübergebeugt, Mondschein fällt auf ihr volles, um den Kopf geflochtenes Haar. Ihr feines Profil ist abgewandt, beide Hände liegen auf dem Einhorn, einem kräftigen Widder mit gewelltem Fell. Der Mond hängt als Sichel am Himmel und bescheint die Szene. Cecilia muss sich in der weltabgewandten Jungfrau wiedererkannt haben. Vielleicht hat sie die Medaille zu sehr geliebt. Sie beschloss ihr Leben im Kloster.

Die Dame mit dem Einhorn aus Paris kommt mir in den Sinn, ihr Rückzug von der Welt, falls es ein Rückzug ist.

Warum wehre ich mich gegen diese Interpretation, ich selbst habe doch genau das getan, mich von der Welt zurückgezogen. Während achtzehn Jahren zwischen dem Tod meines Vaters und dem meiner Mutter. Natürlich ist das Leben weitergegangen, ich habe gearbeitet, gelesen, gegessen, geschlafen. Ich war in dieser Welt und doch nicht da.

Ich lebte nicht völlig keusch, aber ich hatte nur bedeutungslose Kontakte. Und es zählen nicht nur Männer. Die übereifrige Susann lehnte ich ab, die Freundschaft mit Marianne gestaltete ich locker. Zu meiner Mutter hatte ich eine enge Beziehung, ja, uns verband vieles. Aber hätte ich mich ihr zugewandt, wenn das mit Vater nicht passiert wäre?

Wenn ich auf diese Jahre zurückblicke, denke ich, es gab mich nicht, ich lebte, aber war von der Welt ausgespart.

Noch einmal bin ich zu den Bildern zurückgekehrt. Die naive Gläubigkeit, die die Bilder der mystischen Jagd ausdrücken, lässt mich seltsam unberührt. Die Jungfrau Maria schaut entrückt in die Ferne, das Einhorn duckt sich ergeben in ihren Schoss. Ich sehe kein Leben in diesen religiösen Bildern, die letzten Lichtstreifen des Tages sind unbeteiligt darüber hinweggewandert.

Mittelalter, hohe Zeit des Glaubens und des geistigen Lebens. Aber auch Zeit der Sinnenfreudigkeit und der weltlichen Liebe.

Ich habe beides wie einen Mantel an meinen Körper gehalten. Eigentlich passen Diesseits und Sinnlichkeit besser zu mir.

Warum nicht?

Sibyl hatte Punkt siebzehn Uhr in der Landesbibliothek ausgestempelt, nun wartete sie aufs Tram am Helvetiaplatz. Wieso diese Ungeduld. Sie war erst Viertel vor sechs mit Marianne im Café am Bärenplatz verabredet. Sie könnte zu Fuss gehen, über die Kirchenfeldbrücke, auf Sportplatz und Aare hinunterschauen, einen Moment unter der kalten Sonne stehen bleiben, den Blick über die Stadt mit dem Bundeshaus schweifen lassen und zügigen Schrittes eintauchen in das Häusermeer, über den Casinoplatz in die Marktgasse, den Schaufenstern entlang, unter dem Käfigturm durch und nach rechts abbiegen, sich im äussersten Café setzen und einen Milchkaffee trinken, noch allein, in Ruhe.

Sie lehnte sich vor, kein Tram war in Sicht, aber Joris überquerte die Tramgeleise, näherte sich ihr, jetzt konnte sie nicht weglaufen. Er begann mit ihr zu reden, über das Tram, das nicht kam, das kalte Sonnenwetter, die ersten Blüten in den Gärten, die Lust wegzufahren.

Weisst du, sagte Sibyl, am letzten Regensamstag habe ich mich einfach in den Zug gesetzt, den Zug nach Zürich. Bin vom Bahnhof zum Landesmuseum rübergegangen, da war ich noch nie zuvor.

Joris fragte nicht, was sie dort angeschaut habe, sie hätte ihm auch nur das Mittelalter als Brocken hingeworfen, nicht mehr. Dass sie enttäuscht war, weil sie eines ihrer Einhörner nicht gefunden hatte, würde sie ihm nicht sagen. Die Altäre, die Ritterrüstungen, der Mittelalter-Film, alles versank in Grau, als sie erfuhr, dass der Hortus-Conclusus-Teppich, wegen dem sie die Reise unternommen hatte, nicht ausgestellt war. Das kleine, gepunktete Einhorn mit der zarten Maria im Hortus Conclusus, dem verschlossenen Garten. Der ins Horn stossende Engel Gabriel vor der Pforte mit seinen Jagdhunden, Verkündigungsszene, mystische Jagd, im Teppich eingewebt Tiere, Pflanzen, ein Brunnen, ein Altartisch und andere Dinge mit symbolischer Bedeutung. Es war einer der wenigen Teppiche mit der mystischen Jagd, der Sibyl bewegte, sie hätte ihn gern gesehen, seine Farben auf sich wirken lassen, seine Fülle. Sie fuhr wieder heim, leer, enttäuscht.

Ich fahre am Samstag nach Basel, sagte Joris mitten in ihre Gedanken hinein.

Ich vielleicht auch, antwortete Sibyl überrascht. Ich will ins Historische Museum. Am vergangenen Samstag schon hatte sie zwischen Zürich und Basel geschwankt, diesmal sollte es nun Basel sein.

Ich war noch nie im Tinguely-Museum, Joris hatte sich ihr zugewandt.

Das Tram war plötzlich da, beide stiegen ein. Sie klammerten sich an die ledernen Haltegriffe über ihren Köpfen, der Wagen war überfüllt. Als das Tram anfuhr, schwankten sie zwischen den Leibern, die sich an sie drängten. Joris war nur wenig grösser als Sibyl, ihre Augen befanden sich fast auf gleicher Höhe.

Wieso fahren wir nicht zusammen. Wenn du nichts sagst, dränge ich mich halt auf. Joris zwinkerte ihr zu und reckte sich, um an den Köpfen der Leute vorbei einen Blick hinunter auf die Aare zu erhaschen.

Sibyl überlegte einen Moment. Ja, warum eigentlich nicht, antwortete sie.

Wie früh willst du fahren, fragte er und hangelte sich an den Haltegriffen von ihr weg, das Tram bog bereits um die Kurve, er musste beim Zytglogge umsteigen.

Ich weiss nicht, kennst du die Abfahrtszeiten, rief sie ihm hinterher.

Das Tram stoppte ruckartig, die Körper prallten aneinander, die Türen waren bereits aufgesprungen, und er rief laut: Viertel vor zehn, der Intercity-Express, bis dann. Er stieg aus, die Tür schloss sich hinter ihm.

Sibyl fuhr noch eine Station weiter. Sie konnte immer noch nein sagen, es war erst Mittwoch. Donnerstag und Freitag würde sie ihn noch sehen in der Bibliothek, sie könnte alles rückgängig machen. Aber warum sollte sie nicht nach Basel fahren mit Joris, sie könnten zusammen reden, mit ihm liess sich gut reden, sie vermisste die Gespräche, seit er nicht mehr bei ihr arbeitete. Jetzt sahen sie sich nur noch selten in der Kantine.

Was sollte sie mit ihm, er passte altersmässig eher zu den jungen Volontärinnen, die die Ausbildung zur diplomierten Bibliothekarin absolvierten. Sein Stage bei ihr war abgeschlossen.

Sie stieg an der Spitalgasse aus, überquerte den Bärenplatz und ging am Holländerturm vorbei. Es standen viele Tische draussen, die Bise war zwischen den Häuserreihen weniger spürbar. Sie schaute auf die Uhr, es war noch nicht halb sechs, sie hatte noch eine ruhige Viertelstunde vor sich. Sibyl schaute sich nach einem leeren Tisch um, aber jemand zupfte sie am Ärmel.

Wo willst du hin, fragte Marianne, guckst einfach durch mich hindurch.

Sibyl fasste sich, drehte sich um, begrüsste die Freundin, die anerkennend Sibyls grünen Frühlingsmantel musterte. Sibyl schaute auf Mariannes Milchkaffee und bestellte bei der Bedienung einen Espresso.

Ich bin schon ein bisschen früher in die Stadt gekommen, erklärte Marianne. Sie lehnte sich im unbequemen Klappstuhl zurück und musterte den fleckigen Teer am Boden neben dem kleinen Tisch, ihre linke Hand umklammerte den Stuhlrand. Bei uns geht gar nichts mehr, ich hab genug, sagte sie.

Ist was mit Marc, mit Rahel?

Ach, Marianne warf Sibyl einen prüfenden Blick zu. Wenn's nur das wäre. Du weisst ja sicher von diesem Bosnier, Rahel wird es dir erzählt haben. Letzthin hab ich ihn einladen müssen, Rahel wollte es so. Eigentlich gibt es nicht viel gegen ihn einzuwenden, ausser dass Rahel viel zu jung ist für so was. Er kann recht gut Deutsch, sogar Berndeutsch, nur die Tischsitten ... Sie kicherte, ich bin wohl spiessig. Aber Rahel verbringt zu viel Zeit mit ihm, ich hoffe, dass er wirklich ausgewiesen wird, dann hätte ich ein Problem weniger. Marc hänselt sie dauernd, er ist so kindisch, und in der Schule gibt es auch wieder Probleme mit ihm, die Lehrerin hat mich angerufen und ein Treffen vorgeschlagen. Sie fuhr sich mit der Hand über die Stirn. Aber das ist es nicht, was ich erzählen wollte. Sie nahm die Tasse, trank einen Schluck, setzte sie wieder ab.

Was denn? Sibyl leerte den Espresso, den die Bedienung vor sie hingestellt hatte, in drei grossen Schlucken hinunter.

Marianne senkte den Kopf, die schulterlangen, dunklen Haare mit den Silbersträhnen fielen ihr ins Gesicht. Mit Kurt ist es aus. Er hat sich für eine Professur beworben in Deutschland. Heidelberg. Das ist das Ende. Ich mache nicht weiter hier nur mit den Kindern, oder besser gesagt, doch, ich mache weiter, aber wirklich allein, ich will keinen Mann mehr, der nie Zeit hat und jetzt noch ins Ausland geht, einfach weg von mir und den Kindern, fort.

Tränen rannen Mariannes feine, gebogene Nase entlang, sie schluckte, zog ein Papiertaschentuch hervor.

Sibyl wurde unruhig, sie legte ihre Hand auf die Hände der Freundin. Warum bedeutet dies das Ende mit Kurt, warf sie ein, ihr könntet euch doch am Wochenende sehen, mal in Bern, mal in Heidelberg, und die Semesterferien sind lang.

Marianne schaute erbittert auf. Du hast keine Ahnung. Ich will nicht mehr. Immer nur er, nie ich.

Du könntest wieder eine Bibliotheksstelle annehmen bei uns, vielleicht fünfzig Prozent, Rahel ist nicht mehr oft zu Hause, und für Marc lässt sich etwas organisieren.

Nein, sagte Marianne entschlossen, nein. In die Bibliothek gehe ich nicht zurück. Dass du es immer noch aushältst, dort. Immer die gleichen Leute, seit zwanzig Jahren, und fast die gleiche Arbeit. Sie starrte Sibyl an, ihr Gesicht entspannte sich. Entschuldige, sagte sie, ich meine es nicht so. Sie nahm ihre Hände unter Sibyls Hand hervor, steckte das Taschentuch weg. Es ist nur, ich kann nicht nach – sie überlegte – achtzehn Jahren zurück in die Landesbibliothek, wie wenn keine Zeit vergangen wäre. Wie wenn ich keine Familie gehabt hätte, keine Kinder. Mein Leben ist weitergegangen, ich würde nicht mehr diesen Beruf wählen, ich will nicht in der Landesbibliothek arbeiten und in keiner anderen Bibliothek.

Aber wenn du dich von Kurt trennst, musst du doch wenigstens Teilzeit arbeiten, damit du finanziell über die Runden kommst, warf Sibyl ein. Sie wollte die Freundin nicht verunsichern, aber es musste gesagt sein.

Ich weiss nicht, sagte Marianne, ich weiss überhaupt nichts mehr. Diese Ehe und die Probleme mit den Kindern sind zu viel für mich. Ich möchte mal wieder nur für mich sein, nachdenken können, vielleicht eine neue Ausbildung machen, ein Studium beginnen. Marianne rückte ihren Stuhl zurecht und setzte sich gerade hin, erstaunt über ihre eigenen Worte.

Sibyl horchte auf. Das war neu. Sie kannte das Lamento über Kurt, die Kinder, aber nicht Mariannes eigene Wünsche.

Du hast es gut, sagte Marianne in ihre Gedanken hinein, du kannst tun und lassen, was du willst. Niemandem bist du Rechenschaft schuldig, niemandem verpflichtet. Dir steht alles offen.

Hatte Sibyl dies nicht schon gehört, von Kurt? Die beiden beneideten sie. Hatte es nicht auch Zeiten gegeben, als sie Kurt und Marianne beneidete? Das war noch nicht lange her. Ihr gemeinsames Leben, die kleinen Kinder. Sie, Sibyl, immer allein. Jetzt empfand sie nicht mehr so. Allein sein hatte viele Vorteile. Aber die einsamen Nächte manchmal, die Wochenenden, wenn sich die ganze Stadt mit Pärchen füllte?

Du musst mich heute nicht ernst nehmen, unterbrach Marianne ihre Gedanken. Ich weiss, dass du es auch nicht einfach hast. Und früher ... Marianne seufzte. Es tut gut, mit dir zu sprechen. Sie schaute auf die Uhr, es war schon fast halb sieben, sie winkte der Bedienung. Ich muss heim, das Abendessen zubereiten. Marc wartet auf mich, Rahel ist möglicherweise auch schon zu Hause und vielleicht sogar Kurt. Heidelberg ist noch nicht sicher, wir warten auf den Entscheid der Universität, es kann Juni werden, bis es soweit ist.

Marianne stand auf, sie hatte für beide bezahlt. Vielen Dank, Sibyl. Ich ruf dich an, bald. Sie nahm ihre Tasche und entfernte sich in Richtung Bushaltestelle.

Sibyl blieb vor ihrer leeren Espressotasse sitzen. Sie lehnte sich zurück, verschränkte einen Moment die Hände hinter dem Kopf und blickte in den blassen Himmel. In wenigen Wochen würden ihn die Mauersegler mit ihren schrillen Schreien durchstossen.

10. April

Ich habe das Einhorn aufgespürt! Mein Buch-Einhorn ist gefunden. Ich kann es nicht glauben. Und doch, da ist es.

Ich blätterte in den Mittelalter-Büchern, sah mir die vielen Bilder an. Und plötzlich war es da, weiss, kleiner als auf dem Bucheinband, der nur einen Ausschnitt wiedergibt. Es lag da, umzäunt und von einem riesigen Blumengarten umgeben, unter einem Baum, der wahrscheinlich ein Granatapfelbaum ist. Klein und zart wirkt es in seiner Umzäunung, inmitten des Blumenmeers.

Die Bildunterschrift lautet: *Das gefangene Einhorn, um 1500, New York*. Es stammt aus dem letzten Teppich einer siebenteiligen Folge, die eine Einhornjagd darstellt. Mein Einhorn ist im Museum Cloisters am Rand von New York untergebracht.

New York, diese Hochhausstadt, dieses Völkergemisch, diese überwältigende Metropole. Dort soll es sein, in einem Museum ausserhalb der Stadt. Das ist zu phantastisch. Immer wieder ist das Einhorn für eine Überraschung gut. Rockefeller, dieser einst reichste Mann der Welt soll es in Frankreich gekauft und nach Manhattan gebracht haben.

Damit bleibt es für mich unerreichbar. Ich war noch nie in den USA und werde auch nicht dorthin fahren. Mein Englisch ist zwar gut, ich lese sogar hin und wieder englische Bücher. Aber ich werde nicht nach New York fliegen. Ich habe mich bei meinen Reisen immer auf Europa beschränkt, und dabei wird es bleiben.

Schade, das Einhorn ist in New York und entzieht sich mir. Ich werde mich weiterhin mit seiner Geschichte beschäftigen, seinen Spuren folgen. Noch gibt es viel zu entdecken.

Aber das Cloisters-Einhorn ist zu fern, ich werde es nie sehen.

Basel

Sibyl kam aus den Träumen hoch in eine Welt, die mit Stimmen erfüllt war. Gesang, Zwitschern, Tirilieren breitete sich in ihrem Kopf aus und schwappte über in ihren Körper. Es rieselte ihre Arme hinunter bis in die Fingerspitzen und stieg von den Zehen hinauf in den Unterleib, in ihren Bauch. Ihre Haut prickelte, sie war eins mit dieser Welt, sie lebte.

Sie öffnete die Augen. Grünes Licht hinter den Vorhängen. Durchdringender Vogelgesang erfüllte das Licht, die Luft, ihren Körper. Sie lauschte, blieb völlig entspannt liegen. Es sollte andauern und nie aufhören. Sie roch den Gesang, schmeckte ihn, fühlte ihn aus ihren Ohren strömen, durch ihre Finger rinnen und in ihrem Innern sich sammeln.

Aber die Stimmen wurden leiser, einzelne fielen weg, der Chor der Vögel, der den Morgen eingesungen hatte, löste sich in Einzelstimmen auf. Sibyl atmete tief ein und wieder aus. Bitte gebt nicht auf, hätte sie ihnen zurufen wollen. Aber die Stimmen blieben vereinzelt, verschwanden ganz, das Licht, das durch die Vorhänge drang, war jetzt hellgrün.

Sie blickte auf den Wecker, es war zwanzig vor sechs. Samstag, sie hatte alle Zeit. Sie drehte sich auf die Seite, weg vom Licht, zog die Beine an ihren Körper. Erst als das Kissen unter ihrer Wange nass wurde, bemerkte sie die Tränen.

Der ICE glitt über die Eisenbahnbrücke bei der Bahnhofausfahrt. Sie schaute hinunter auf die blaugrüne Aare, auf ein Joggerpaar, das ihr entlang rannte, und tauchte in das gelbe Blütenmeer ein auf der Bahnböschung zu ihrer Linken. War es Lindenblust? Sie wusste so wenig von der Natur.

Sie schaute zu Joris hinüber. Er sass ihr gegenüber auf dem einzelnen Sitz, blickte auf die Balkone der Wohnblöcke, die über den Gleisen hingen. Als sie sich bewegte, stiessen sie mit den Beinen aneinander. Es war ihr unangenehm, aber er lachte nur, und sie einigten sich auf die Anordnung ihrer Beine im Reissverschlusssystem. Nun sass sie bequem. Sie hatten die Tageszeitungen zwischen sich auf das Tischchen gelegt. An Industriebauten flogen sie vorbei und durch Vororte, erst nach dem langen Tunnel öffnete sich die Landschaft vor ihnen. Der Himmel war in milchiges Blau getaucht und von weissen Kondensstreifen durchzogen. Er dehnte sich über die Felder mit den Hügelzügen im Hintergrund, unendlich weit.

Sie sausten durch Burgdorf und Friedrich Dürrenmatts Tunnel und bogen in das Tal ein, das Sibyl so liebte. Sie wusste nicht, wie es hiess, die Stationen Wynigen und Riedtwil flogen vorbei. Die Stationen zählten nicht, nur dieses grüne Tal, fast unberührt, und die Wälder, die es begrenzten, einzelne Häuschen, die in ihm aufgingen. Als sich das Tal schliesslich auf ein Häusermeer öffnete, griff sie zur Zeitung.

Sibyl schaute erst wieder auf, als sie im Knotenpunkt Olten eintrafen, und auch Joris liess die Zeitung sinken.

Diese Stadt ist zersiedelt, sagte er, sie wirkt gesichtslos.

Sibyl nickte. Aber schau die Bäume, die eben ausgeschlagen haben, vor dem Grünweiss der Aare. Und die Kastanienbäume, ihre Blätter sind schon dicht, sie decken die verfallenden Schuppen fast ab.

Du siehst heute alles positiv, sagte Joris, schon im Bahnhof hab ich dich fast nicht erkannt, du hast so ... dein Gesicht war ... einfach anders, heller irgendwie.

Sie schaute ihn überrascht an, erwiderte nichts.

Er verschwand hinter seiner Zeitung, sie faltete ihre endgültig zusammen.

Nach Olten war der Löwenzahn kühner, er belegte ganze Wiesen mit seinen gelben Tupfen.

Sibyl suchte die Toilette auf, dazu musste sie einen ganzen Wagen durchqueren. Der Zug fuhr durch einen Tunnel, und als sie die Toilette verliess, verlor sie in der Dunkelheit die Orientierung. In welche Richtung fuhr der Zug, lief sie rückwärts oder vorwärts, sie wusste es nicht. Gesichter starrten sie an, sie kannte keines, da war kein Joris, sie ging in die andere Richtung, da war er auch nicht. Verzweifelt kehrte sie um, da ergriff jemand den Ärmel ihrer Bluse, und gleichzeitig fiel Licht in den Wagen, weil der ICE aus dem Tunnel schoss. Sie setzte sich, stammelte eine Entschuldigung.

Joris schaute sie an. Ach, ist nicht der Rede wert. Ich will nur, dass du nicht verloren gehst.

Sie sagte nichts, ihre Augen sogen die Landschaft in sich auf. Einzelne Bäumchen reckten sich gegen den Himmel, weisse, spitze Häuschen lagen hingewürfelt auf den Wiesen. Das helle Grün, das blasse Blau des Himmels, die hohe Sonne, die die Landschaft ausleuchtete. Es fügte sich alles zu einem Ganzen, sie fühlte sich leicht, voller Hoffnung.

Eine Autobahn auf Stelzen kreuzte die Bahn, Liestal zog vorbei, eine Stahlfabrik mit farbigen Sprayereien verziert, ein weites, grünes Tal, das von einem Guisangarten begrenzt wurde, Mietshäuser, Pratteln, Industrieanlagen, die Gleise vervielfachten sich, Einfahrt in die Stadt.

Wir treffen in Basel ein, Grenzbahnhof, Passkontrolle im Zug, meldete die Lautsprecherstimme.

Das galt nicht für sie und Joris. Sie mussten Jacke und Mantel anziehen, aussteigen, einen Treffpunkt vereinbaren.

Wo sehen wir uns, fragte Joris in ihre Gedanken hinein.

Immer war er ihr einen Schritt voraus. Sibyl überlegte fieberhaft, sie kannte sich nicht aus, so wenig wie er. Vor der Kirche auf dem Barfüsserplatz, dort ist mein Museum, um drei, schlug sie schliesslich vor.

Er war einverstanden. Der Zug hielt, sie stiegen aus und gingen nebeneinander bis zum Bahnhofvorplatz. Dort verabschiedete er sich, und sie schaute ihm nach, wie er in der Menschenmenge verschwand.

11. April

Ich habe die hohe, weisse Kirche, die seit über hundert Jahren Museum ist, wieder verlassen. Wie einen schützenden Schild spüre ich sie in meinem Rücken.

Zwischen roten Säulen bin ich hindurchgegangen, habe hier und da auf Knöpfe gedrückt. Unter den auf Knopfdruck hochfahrenden Markisen, die als Lichtschutz dienen, sind mittelalterliche Teppiche aufgetaucht. Die letzte Markise in der Reihe öffnete den Blick auf Fabeltiere, darunter ein zierliches Einhorn mit weissen Tupfen, geschmücktem Halsband und sägeblattartigem Horn.

Aber das Wildweibchen mit Einhorn, den Hauptgrund meiner Fahrt nach Basel, fand ich nicht. Das Einhorn legte mir Spuren, die mich auf Umwegen zu ihm führen sollten.

In einer Glasvitrine waren Minnekästchen ausgestellt. Sie wurden im Mittelalter unter Liebenden ausgetauscht. Auf einem der handgrossen «Ledlin» entdeckte ich ein Einhorn, das einer Jungfrau seinen gespaltenen Huf reicht.

Und auf einem Kästchen gleich daneben begegnen sich zwei Einhörner, indem sie die leicht gebogenen Hörner kreuzen. Kein Kampf findet statt, ihr Ausdruck ist freudig entzückt, je eines der Vorderbeine angewinkelt.

Dann zog es mich zum Zelt im Kirchenschiff, das als Zunftzelt bezeichnet ist. Es ähnelt in der Form dem Rückzugszelt der Dame mit dem Einhorn in Paris, nur ist es viel weniger kostbar gearbeitet.

Ich ging durch den Chor nach vorn. Licht strömte durch die farbigen Scheiben über den Vorhängen, farbige Lichtakzente fielen auf das Spruchband des steinernen Propheten. Sein Finger zeigte zitternd auf eine schillernde Stelle, doch das Spruchband war leer.

Ich betrachtete die aufgeklappten Altäre nur kurz, ging ins Untergeschoss und stiess unter den Goldschmiedemodellen auf zwei winzig kleine Einhörner. Auch ein Einhornrelief ist ausgestellt, geschnitzt aus einem Walrosszahn.

Danach führten mich die unsichtbaren Spuren auf die Empore. Dort wartete ein weiteres Einhorn, auf einer Tischdecke, mitten unter anderen Fabeltieren.

Unten an der Treppe blieb ich vor den Memento-Mori-Bildnissen stehen. Memento mori. Der Tod holt sie alle, die dort abgebildet sind, unabhängig von ihrer Stellung im Leben. Kaufmann, Bettler, Kaiser, Herzogin, Herold und Äbtissin. Das kostbare Kleid der Herzogin mahnte mich an die Dame mit dem Einhorn. Ich blätterte in der Dokumentation zum Basler Totentanz. Da, noch einmal ein Einhorn: Beim Sündenfall, dem Höhepunkt der Serie, flankieren Löwe und Einhorn das Menschenpaar.

Memento mori? Nein, ich wandte mich ab. Man kann nicht immer an den Tod denken, ich tue es sowieso zu viel. Wieso nicht Carpe diem, fiel mir plötzlich ein. Carpe diem, pflücke den Tag, geniesse die Welt.

Das Wildweibchen hatte ich noch nicht aufgegeben. Aber es sollte wohl so sein, dass ich ihm erst am Schluss begegnete. Vorne beim Eingang stieg ich nochmals ins Untergeschoss hinab, der Lällekönig streckte mir die Zunge heraus.

Im hinteren gotischen Zimmer, als sich meine Augen an die Düsternis gewöhnt hatten, fand ich es endlich. Wildweibchen und Einhorn auf einem Gobelin, hinter Glas. Die Wildleute, mit ihrem stark behaarten Körper, ihrer unzähmbaren Sinnlichkeit und ihrem Leben in freier Natur, stellten im Mittelalter die unbeherrschten Triebe dar. Hat auch das Wildweibchen mit seinem blauen Zottelfell gesündigt? Es blickt nachdenklich, auf einem Spruchband heisst es: *Ich habe meine Zeit der Welt gegeben, nun muss ich hier im Elenden leben.* Das braune Einhorn liegt im Schoss des Weibchens, zart, ratlos, das Weibchen krault seine Mähne und umfasst sein gewundenes Horn.

Aber nein, Weibchen. Willst du dich wirklich aus der Welt zurückziehen, aus der Natur, die um dich herum spriesst, sich in

Bächen ergiesst und mit Blumen und Früchten auftrumpft? Die Tiere auf dem Teppich treten fast alle paarweise auf. Auch das Wildweibchen und das Einhorn bilden ein Paar. Das Weibchen hat seine Brüste entblösst, sein Haar fällt in sinnlichen Locken, ein Blumenkranz schmückt das Haar. Es müsste sich nur aus seiner Melancholie lösen, seinen Weltschmerz vergessen und sich dem Einhorn zuwenden.

Ich blickte um mich, auf das riesige Bett, die beschlagene Geldkasse, den Archivschrank und den schmiedeeisernen Hängeleuchter, der das gotische Zimmer nur schwach erhellt.

Plötzlich fühlte ich mich beengt, musste fliehen, hinaus, hinauf. Ich rannte die Treppe hoch, stiess die Museumstüren auf. Licht fiel auf mich, ich war frei.

Am Fuss der Treppe bemerkte ich ein Restaurant und setzte mich hin.

Die Schulter

Die Bedienung hatte den leeren Teller abgeräumt. Sibyl hielt das Mineralwasserglas in der Hand, nippte daran. Sie drehte sich halb um, schaute von unten zur Barfüsserkirche hoch. Die Kirche baute sich wie ein Schiff im blauen Himmel über ihr auf, sie schien abfahrbereit, Sibyl musste nur einsteigen.

Zögernd wandte sie sich ab und der Altstadtfassade gegenüber zu, dieser Kulisse, hinter die sich blicken liesse. Sie könnte dort eintauchen in Geschichte und Geschichten, müsste nur loslaufen. Aber ein Kran hing drohend über dem Altstadtteil, ein grünes Tram wölbte sich vor der Fassade in die Kurve, und rechter Hand waren die alten Bauten bereits von modernen Geschäftshäusern ersetzt.

Die Sonne brannte durch ihre blaue Bluse und die schwarzen Hosen, Sibyl leerte das Mineralwasser in sich hinein. Sie lehnte sich zurück, hörte das Baseldeutsch ringsum, fühlte sich daheim in diesem Stimmenmeer und doch fremd.

Nochmals schaute sie zur Altstadtfassade hinüber, und nun tauchte ein Mann auf, zögernd ging er über den Platz und die Treppe herunter, er nahm immer mehr Raum ein, bis er vor ihr stand und die Fassade verdeckte.

Da bist du ja, Joris wischte sich den Schweiss von der Stirn. Er bestellte auch ein Mineralwasser, fasste in wenigen Sätzen seine Eindrücke vom Tinguely-Museum zusammen, lehnte sich erschöpft zurück.

Sie zeigte in Richtung Kirche, schilderte kurz das Wildweibchen mit Einhorn, verstummte.

Joris überlegte. Also wieder ein Einhorn, jetzt schon das zweite nach Paris, dieses Tier hat es dir angetan.

Sibyl zuckte die Schultern, nickte, sie wollte mit ihm nicht über das Einhorn sprechen.

Sie schwiegen, blinzelten in die Sonne, zahlten schliesslich und erhoben sich. Sie schlenderten durch eine Fussgängerzone, Steinenvorstadt, las Sibyl auf dem Strassenschild, und sie verspürte plötzlich Lust auf ein Eis. Der bekannte amerikanische Eishersteller hatte auch hier eine Filiale, sie schleckte Butter Pecan, er Baileys Irish Whiskey. Sie gelangten ans Ende der Strasse, und sie schaute auf die Uhr.

In einer Viertelstunde fährt ein Zug, sagte Sibyl.

Er schaute sie nur an, aber wandte nichts ein. Sie unterquerten einen Strassenviadukt und fanden Wegweiser zum Bahnhof. Nachdem sie durch eine Passage mit Zoohandlungen gegangen waren, standen sie vor dem Bahnhofgebäude. Sie blickte ihn von der Seite an, er überquerte ohne ein Wort die Tramgeleise, und sie befanden sich vor dem Eingang.

Fünf Minuten später fuhr der Zug ab in Richtung Bern, sie setzten sich ausser Atem auf gegenüberliegende Bänke. Sibyl hatte die Fahrtrichtung falsch eingeschätzt, sie sass rückwärts. Die Häuser der Stadt, die Industriebauten und die nachfolgende Landschaft spulten sich vor ihren Augen ab wie ein rückwärtslaufender Film, ihr wurde schwindlig, sie musste den Platz wechseln und setzte sich neben Joris.

Sie verspürte keinen Schwindel mehr. Die Landschaft flog auf sie zu, wie eine Leinwand, die sich vor ihren Augen blitzartig abrollte, Farbteilchen knitterten und sprangen ab, sie musste die Augen schliessen, nickte ein.

Als sie erwachte und die Augen aufschlug, sah sie die Landschaft plastisch, dreidimensional, alles war wieder in Ordnung. Ein blaues Schild, Hindelbank, flog vorbei. Ihr Kopf, merkte sie, war zur Seite gedreht und weich gebettet. Sie lag auf Stoff, dunkelgrün, auf einer Schulter. Joris' Schulter!

Sie zuckte zusammen, wollte sich aufsetzen, aber eine Hand legte sich auf ihren Kopf, sie blieb noch liegen. Wie konnte sie nur. Einschlafen, einfach so, es musste die plötzliche Hitze gewesen sein. Auf die Seite war sie gekippt, an seine Schulter. Er hätte sie wieder aufrichten, ihr die Peinlichkeit ersparen können. Sie musste sich zusammennehmen.

Gegen den leichten Druck seiner Hand richtete sie sich auf, fuhr sich mit den Fingern durch die Haare, schüttelte den Kopf. Sicher sah sie verschlafen aus. Zum Glück schaute er sie nicht an, er blickte aus dem Fenster. Sie erhob sich und ging mit ihrer Handtasche unter dem Arm zur Toilette, warf sich abgestandenes Wasser ins Gesicht, erfrischte sich mit einem der Tüchlein, die sie immer in der Tasche mitführte. Sie schüttelte noch einmal den Kopf, verliess die Toilette und ging zu ihm zurück.

Joris schaute immer noch aus dem Fenster, vielleicht hatte er auch im langen Tunnel, als Sibyl in der Toilette war, hinausgestarrt.

Sibyl setzte sich ihm gegenüber, sie befanden sich bereits im Wankdorf, für so kurze Zeit war es ihr egal, rückwärts zu fahren.

Er wandte sich ihr zu. Kommst du noch mit zu mir, fragte er, schob seine Brille hoch. Als sie überrascht schwieg, fügte er bei, zu einem Abendessen, und ich könnte dir meine Sammlung zeigen, die dich vielleicht interessiert.

Sammlung zeigen, hatte er eine Briefmarkensammlung? Sie machte sich nichts aus Briefmarken. Oder schob er die Sammlung nur vor? Was wollte er von ihr.

Nein, sagte sie, ich bin müde. Ich will gleich nach Hause gehen. Du verstehst?

Ja, antwortete er, ich verstehe. Oder vielleicht auch nicht.

Sollte sie etwas erwidern, nachfragen, die Bedeutung seiner Worte klären? Sie fühlte sich dazu nicht imstande, es war alles zu viel für sie, sie schwieg.

Gleichzeitig standen sie auf und nahmen Mantel und Jacke von der Ablage, als der Zug in den Bahnhof einfuhr. Sie zogen sich an, und auf dem Bahnsteig verabschiedeten sie sich mit einem kurzen Händedruck.

15. April

Ich hab jetzt schon so viele Einhörner gesehen, in Basel, in Paris und in den Büchern. Und doch kann ich das Einhorn nicht greifen, nicht fassen.

Am Horizont sehe ich seine Silhouette, sie zeichnet sich ab vor einem Nachthimmel, der langsam verblasst. Das Einhorn hält seinen Kopf hoch gereckt, messerscharf schneidet sein Horn die Luft entzwei. Der Himmel wird heller, er hält das Einhorn in der Schwebe, scheint es wegtragen zu wollen zwischen feinen Wolkenschlieren. Das Einhorn wehrt sich gegen die Auflösung, es wirft den Kopf hin und her, schlägt mit den Hufen aus. Aber dann ergibt es sich, seine Konturen werden unscharf, es lässt sich vom Morgenhimmel aufsaugen, wie man Tinte mit dem Löschblatt aufsaugt. Als sich die Sonne über den Horizont schiebt, sind nur noch Negativumrisse da, die im Nu von den Sonnenstrahlen ausgefüllt sind. Geblendet muss ich die Augen schliessen.

Ich kann die Pilger, die im heiligen Land das Einhorn sahen, gut verstehen. Auch ihnen muss es plötzlich erschienen sein. Sie waren in einer fremden Umgebung, sie erwarteten das Aussergewöhnliche, und so geschah es. Ein solches Zeugnis gibt der Priester Johann von Hesse aus Utrecht, der 1389 nach Palästina pilgerte.

Bei dem Felde Helyon, im Gelobten Lande, ist der Mara genannte, sehr bittere Fluss, welchen Moses mit seinem Stabe schlug. Er machte ihn süss, und die Kinder Israels tranken daraus. Noch jetzt, heisst es, vergiften böse Tiere nach Sonnenuntergang dieses Wasser, so dass man alsdann nicht mehr davon trinken kann. Aber morgens früh, sobald die Sonne aufgegangen ist, kommt vom Meere das Einhorn, taucht sein Horn in den besagten Fluss und vertreibt daraus das Gift, damit die anderen Tiere am Tage davon trinken können. Was ich berichte, habe ich mit eigenen Augen gesehen.

Doch nicht nur das Einhorn will er gesehen haben, sondern auch die Mauern des Paradieses. Aber böse Zungen behaupteten, er habe Utrecht nie verlassen. Und wenn auch? Die inneren Augen sehen mehr.

Von Hesses Einhorn vertreibt das Gift, es erlöst von dem Bösen. Wenn ich nur auch ein Einhorn hätte. Vergib uns unsere Schuld, so wie auch wir vergeben unseren Schuldigern. Das Einhorn als Christus? So einfach ist es nicht. Ich habe keinen Trost in der Kirche gefunden, habe ihn dort auch nicht gesucht.

Kein Christus-Einhorn kann mir helfen, ich muss selbst damit fertig werden.

17. April

Hellgrüne Farbtupfer vor meinem Fenster. Kindergeschrei im Garten. Laue Luft dringt durch den Fensterspalt. Diesen Frühlingsabend werde ich mit den Erinnerungen eines anderen Pilgers füllen.

1486 zog der Mainzer Dekan Bernhard von Breydenbach nach Palästina. Einer seiner Begleiter war der Kaplan Felix Faber, ein gebürtiger Zürcher. Beide liessen ihre Erinnerungen drucken. Breydenbachs Reisebuch zeichnet sich durch seine vollendeten Holzschnitte aus, Fabers durch seine spannende Erzählweise.

Kaplan Felix Faber. Verloren stand er im Gedränge der Händler vor dem Dogenpalast in Venedig. Breydenbach übernahm das Zepter. Seine Verhandlungen mit einem italienischen Grafen, Conte Reni, waren erfolgreich. Zweiundvierzig Dukaten kostete die Schiffsreise für jeden. Dafür sollten sie zweimal am Tag Speis und Trank erhalten.

Ich kann mich nicht konzentrieren auf das, was ich lese und schreibe. Remo heult jetzt unten im Rasen, eben habe ich das Fenster geschlossen.

Die Reise zu Wasser und Land war abenteuerlich, aber schliesslich erreichten die Pilger ihr Ziel Jerusalem. Aber damit nicht genug. Die Reise sollte noch weitergehen durch den Sinai bis zur Oase Gazera vor Kairo. Man musste mit Muselmanen verhandeln, einigte sich schliesslich auf dreiundzwanzig Dukaten für ihre Führerdienste.

Ich sehe Frau Noser im Garten, sie spricht auf Remo ein, nimmt ihn bei der Hand. Er sträubt sich. Sie beugt sich über ihn, redet ihm gut zu. Jetzt lässt er sich von ihr fortziehen. Der Garten ist leer. Ich öffne wieder das Fenster. Kein Wüstenwind trocknet meine Kehle aus. Ein milder Luftzug streicht mir über Gesicht und Hände.

Als das Katharinenkloster hinter dem Mosesberg auftauchte, erschien es den Pilgern wie ein Traum. Gastfreundlich wurden sie empfangen. Als sie wieder aufbrachen, war die Stimmung gereizt. Mitten in der Wüste stellten die muselmanischen Begleiter neue Geldforderungen. Die Pilger, ohne ihre ortskundigen Führer verloren, mussten wohl oder übel zahlen.

Eigentlich könnte ich meinen Liegestuhl jetzt in den Garten stellen und das Einnachten geniessen. Mich umhüllen lassen von der Dämmerung.

Aber da ist die Karawane am zwanzigsten Reisetag, inmitten einer öden Felslandschaft, weit und breit nur rotschwarz gestreifte Felsen und Dornensträucher. Und es geschah noch in der Nähe des Katharinenklosters, mitten in diesen Dornensträuchern, die blühend einen wundersamen Duft verströmen, und aus deren stachligen Zweigen die Dornenkrone Christi geflochten war.

Gegen Mittag erblickten wir auf dem Gipfel eines Berges ein Tier, das auf uns hinabsah. Wir glaubten, dass es ein Kamel sei, und wunderten uns, wie ein Kamel in der Einöde leben könne, und es hub ein Gespräch unter uns an, ob es wohl auch Waldkamele gebe. Der Reiseführer (Kalin) aber trat zu uns und versicherte, das Tier sei ein Rhinozeros oder Einhorn, und er zeigte uns das eine Horn, das aus seiner Stirn ragte. Mit grosser Sorgfalt sahen wir uns dieses überaus edle Tier an, und bedauerten, dass es nicht näher war, so dass wir es noch genauer betrachten könnten. Denn dieses Tier ist in vieler Hinsicht ganz einzigartig.

Eine Erscheinung, eine Offenbarung. Die Pilger glaubten, dass ihnen Christus in der Gestalt des Einhorns erschienen sei. Der Zweck ihrer Pilgerreise hatte sich auf einzigartige Weise erfüllt.

So machten wir lange Halt unter dem Berge, auf dem das Tier stand, und es schien, wie sein Anblick uns erfreulich war, so auch unser Anblick ihm, denn das Tier stand still und floh nicht, bis wir uns entfernten.

Mir ist die Zeit davongelaufen. Es ist schwarz draussen, dunkelste Nacht. Kein Dämmern im Liegestuhl. Aber eine Geschichte vom Einhorn, eine weitere Geschichte, die mich trägt, die mir zu denken gibt.

Maliks Teppiche

Sibyl stieg wie immer an der Station Unitobler aus dem Bus und bog um die Ecke. Sie hatte in der Stadt lediglich ein Brötchen gekauft, im Kühlschrank war noch ein Joghurt, das genügte als Abendessen.

Sie bog in den Merianweg ein, ging an den Reihenhäusern der Nachbarn vorüber. Viele Fenster standen weit offen, liessen den Frühling ein. Vor ihrem Haus am Ende der Häuserzeile hielt sie einen Moment inne. Nosers waren in den Ferien, die dunklen Fensterscheiben spiegelten Leere. Sie ging nicht zur Haustür, sondern ums Haus herum, blickte in den stark überwachsenen Vorgarten und an der Westfassade hoch, wo die Fenster als steinerne Umrisse angedeutet, aber nie ausgeführt worden waren.

Plötzlich verspürte sie Lust, diese Fenster herausbrechen zu lassen. Jetzt, Ende April, sollte Luft und Licht ins Haus dringen. Und wieso nicht das graue Haus neu streichen lassen, in Blau zum Beispiel, ihrer Lieblingsfarbe. Aber dann müsste der wilde Wein entfernt werden, der über die Fassade bei der Haustür wucherte und auch einen Teil der kahlen Westfassade überzog. Nein, es machte zu viele Umtriebe, das Haus sollte nicht in seiner Ruhe gestört werden.

Sibyl benutzte das Gartentürchen auf der Südseite. Feuchte Gräser streiften ihre Waden, sie hatte wieder einmal einen kurzen Rock angezogen, ihre Beine waren nackt. Ein Windstoss erfasste den Garten, vom blühenden Weissdorn zog Duft herüber. Sie ging hin, fasste nach den Zweigen, roch daran, bestaunte sie. Schwere Tropfen vom Nachmittagsregen fielen auf ihre Arme, es machte ihr nichts aus.

Nach einer Weile liess sie die Zweige zurückschnellen, schlenderte zur Haustür, schloss auf und stieg die Holztreppe zu ihrer Wohnung hoch. In der Küche riss sie Stück für Stück vom Brötchen ab, schob die Stücke in den Mund, nahm vom Flüssigjoghurt dazu.

Dann ging sie ins Wohnzimmer und setzte sich in den Fauteuil. Ihr Blick fiel auf die Wand mit dem roten Teppich, wanderte zur gegenüberliegenden Wand mit dem schwarzen Teppich, unstet wandten sich ihre Augen bald dem einen, bald dem andern zu. Maliks Teppiche. Es waren Webteppiche aus Marokko, von Nomadenfrauen mit Motiven bestickt. Malik hatte die beiden Teppiche aus Paris mitgebracht, sie stammten vom Teppichladen des Onkels in Ouarzazate.

Die Teppiche waren die letzten Spuren von Malik in ihrem Leben, neben seinem Namen in ihrem Pass. Einst hatte es noch mehr gegeben. Zum Beispiel ein zweites Bett in ihrem Schlafzimmer. Das Bett lag nun mit zusammengeklapptem Gestell unter ihrem eigenen, und der lange Überwurf verdeckte es vor den Augen der Besucher. Die Eltern hatten ihr damals dieses zweiteilige Bett geschenkt, wie wenn sie sich gewünscht oder geahnt hätten, dass Maliks Aufenthalt nicht von Dauer war. Sie hatten nicht wissen können, dass Malik einen Teil der Familie mit sich nehmen würde.

Malik. Vor einundzwanzig Jahren zogen sie hier ein. Sie war vorausgereist, hatte mit den Eltern zusammen die Wohnung eingerichtet, eine Woche später kam er nach. Sie sah ihn vor sich, wie er die Nagelleisten an den Wänden befestigte und die Teppiche aufhängte. Dann setzten sie sich nebeneinander aufs Sofa und begutachteten sein Werk. Er erklärte ihr die Symbole auf den Teppichen, aber sie hörte nur mit halbem Ohr zu, alles war noch neu, die eigene Wohnung, Malik neben ihr, in ihrem Elternhaus, die bevorstehende Heirat.

Das ist ein Heiratsteppich, Malik zeigte auf den roten Teppich. In der Mitte siehst du einen Lebensbaum, er verkörpert Wachstum und Gedeihen. Und die vielen kleinen Kamele unter dem Baum, sie geben den Wert der Braut an für den Bräutigam.

Er erklärte ihr auch die anderen Tiersymbole und die geometrischen Motive, aber sie wusste nichts mehr davon. Wieso hatte die Braut ihren Hochzeitsteppich weggegeben? Hatte sie ihn aus materieller Not verkaufen müssen, oder war er für den Verkauf hergestellt worden?

Malik nahm ihre Hand und drückte sie, zusammen tranken sie ein Glas Wein. Malik trank nicht nur Wein und Bier, sondern er ass auch Schweinefleisch. Er war kein praktizierender Moslem, ging nicht in die Moschee, auch in Bern nicht.

Die Eltern wollten sie zu einem Anwalt schicken, als sie nach Bern zurückgekehrt war. Sie wollten, dass sie sich über ihre Rechte in der Ehe mit einem Muslim informierte und einen Ehevertrag abschlösse. Sonst bist du rechtlos, sagten sie, wenn ihr Kinder habt und er nach Marokko zurückwill, wenn er die Kinder entführt, du weisst doch, das hört man öfter.

Nach Maliks Ankunft benahmen sie sich korrekt, sie sprachen mit ihm in kurzen Sätzen, in ihrem bescheidenen Französisch, wahrscheinlich hatten sie es so abgesprochen. Malik war in ihrem Haus geduldet. Die Mutter äusserte sich nicht mehr gegen die Heirat, Sibyl hatte es ihr verboten in der Woche des gemeinsamen Einrichtens der Wohnung. Aber sie forderte Sibyl jetzt noch dringender auf, zum Anwalt zu gehen.

Malik wurde misstrauisch, als er bemerkte, wie die Mutter immer wieder auf Sibyl einsprach, ausschliesslich in deutscher Sprache. Er fragte nach, sie erklärte, er schüttelte den Kopf und nahm ihr Gesicht zwischen seine Hände. Traust du mir?

Sibyl schaute in sein ernsthaftes Gesicht, seine dunklen Augen. Natürlich traue ich dir.

Und wieso hast du einen Anwalt nötig? Wir können doch reden zusammen.

Ich will keinen Anwalt und keinen Vertrag.

Auch ohne Maliks Einsprache hätte sie den Juristen nicht aufgesucht. Sie fand es ungerecht, dass man nur den Ausländern misstraute, gerade den Nordafrikanern. Es gab doch viele Schweizer, die ihre Frauen schlecht behandelten. Und Kinder wollten sie vorerst nicht, sie nahm weiterhin die Pille.

Malik und sie heirateten nur zivil. Heiratsanzeigen wurden keine verschickt, das war den Eltern recht, und ein eigentliches Fest gab es auch keins, nur ein Essen mit Sibyls Eltern, für Maliks Vater war die Reise zu weit.

Das gemeinsame Leben begann, sie brauchten meist nur eines der beiden Betten, es war schön, zusammen einzuschlafen und zu erwachen. Aber es blieb ihnen nicht viel Zeit, Sibyl hatte ihre Ausbildung in der Bibliothek begonnen, und Malik war auf Arbeitssuche. Er schickte viele Bewerbungen ab, sie kamen mit kurzen Briefen zurück.

Solltest du nicht zuerst Deutsch lernen?

Non, surtout pas, die meisten Berner sprechen Französisch.

Sie nickte, er mochte Recht haben.

Im Frühling ergab sich nichts, im Sommer waren nur wenige Stellen ausgeschrieben, sie vertrösteten sich auf den Herbst. Aber auch im Herbst kamen nur Absagen, kein einziges Mal konnte sich Malik vorstellen. Er sass missmutig zu Hause, Bern war kein Ersatz für Paris, er konnte sich nicht verständigen und fühlte sich fremd. Wenn sie abends heimkam, flüsterte ihr die Mutter unter der Tür zu, dass er wieder nicht aus dem Haus gegangen sei. Und die Wäsche hat er auch nicht gemacht, sagte die Mutter vielsagend und schloss ihre Wohnungstür.

Nein, die Wäsche hatte er nicht gemacht, aber das war nicht wichtig, Sibyl wusch am Wochenende, es machte ihr nichts aus. Ihr Vater hatte die Wäsche auch nie gemacht, die Mutter hätte es ihm sogar verboten, sie war ungerecht gegenüber Malik.

Wenn Sibyl weg war, gingen die Eltern nicht nach oben und Malik nicht nach unten. Sie verkehrten nur über Sibyl, das Bindeglied.

Maliks Zustand bedrückte sie. Wenn sie an diesen Herbstabenden heimkam, war die Wohnung dunkel, er sass auf dem Sofa und starrte an die Wand, oder er lag auf dem Bett. Die Bücher, französische Fachliteratur zum Brückenbau, in denen er im Frühjahr und Sommer fleissig gelesen hatte, blieben unbenutzt im Gestell.

Malik, komm in die Küche, rief sie, wir kochen.

Meist folgte er ihrer Aufforderung, kam zu ihr, sie kochten zusammen, sassen sich beim Essen gegenüber. An diesen Abenden war er wieder der anregende Gesprächspartner, den sie aus Paris kannte.

Im Winter dehnte er seine Arbeitssuche auf die französische Schweiz aus, zweimal konnte er sich vorstellen, erhielt aber die Stelle nicht. Er begann, schlecht über die Schweiz zu reden, man sei rassistisch hier, schlimmer als in Paris. Die Eltern grüsste er kaum noch, sie konnte es ihm nicht verdenken, er las in ihren Augen.

Er wartete nicht mehr zu Hause auf Sibyl, sondern sass in den Kneipen der Innenstadt. Dort lernte er seine Kumpane kennen, Ahmed und Saïd, beides Nordafrikaner, die ebenfalls mit Schweizerinnen verheiratet waren. Der eine war auch arbeitslos, der andere arbeitete Nachtschicht in der Fabrik. Dort hätten sie Malik eingestellt, aber er lehnte ab, er wollte seinen Beruf ausüben, und nicht irgendeine Arbeit.

Sie konnte den Moment nicht genau bestimmen, als er begonnen hatte, sich gegen sie zu wenden. Oder doch? Sibyl erhob sich, ging zwischen den Teppichen hin und her, blieb vor dem roten stehen, strich über die rauhe Oberfläche und die feineren, gestickten Partien. Wieso reckte sich der Lebensbaum in der Mitte erwartungsvoll in die Höhe. Er müsste geknickt sein, die kleinen Kamele drunter schon lange weggelaufen. Aber sie waren sorgsam in gestickte Bänder gefasst und wie in einer Höhle geborgen.

Vielleicht begann es damals, als sie Kurt und Marianne nach dem Weihnachtsessen zu sich nach Hause einlud. Malik hatte kein

Interesse an der Bibliothek und ihren Kolleginnen; er fühlte sich ausgeschlossen unter Deutschsprachigen. Aber Kurt und Marianne sprachen gut Französisch, die beiden waren schon einige Monate befreundet, und Sibyl wollte sie gern einmal zu einem Glas Wein einladen.

Unangekündigt kamen sie am Abend zu dritt in die Wohnung, Malik lag auf dem Bett, er war in den Kleidern eingeschlafen. Sie weckte ihn. Er wirkte verstört, setzte sich aber zu ihr und den Gästen an den Tisch. Sie tranken Wein und redeten französisch, Marianne und Kurt erkundigten sich nach Marokko, nach Paris, ein Gespräch kam zustande. Kerzen standen zwischen ihnen auf dem Tisch, die Stimmung war weihnächtlich, der Malik aus Paris sass neben ihr. Kurt hielt Mariannes Hand, Sibyl lehnte sich an Malik, sie waren zwei Paare, befreundete Paare.

Dann stand Marianne auf, sie musste nach Hause, eine Freundin übernachtete bei ihr. Kurt blieb, er sass ihnen gegenüber, und sie redeten nicht mehr von Marokko, nicht mehr von Paris, sondern von Büchern, die Sibyl und er liebten. Sie warfen sich Stichworte zu, nahmen sie deutsch auf, diskutierten angeregt. Malik sass immer noch neben ihr, er verstand nichts, sagte nichts mehr. Sie entschuldigten sich, warfen ein paar französische Brocken ein, fielen wieder ins Deutsche, ohne es zu merken.

Sibyl verabschiedete Kurt gegen Mitternacht unter der Haustür, und als sie wieder hochstieg in die Wohnung, sass Malik noch immer am Tisch, sein Rücken kerzengerade.

Komm zu mir, befahl er.

Sie setzte sich neben ihn.

Malik starrte auf seine Hände, schaute Sibyl nicht an. Dieser Kurt, du hast was mit ihm, nicht wahr? Er hat nur Augen für dich.

Nein, wehrte sich Sibyl, Kurt ist Mariannes Freund, du hast doch gesehen, wie sie verliebt sind.

Aber zwischen dir und Kurt ist auch was, ich bin doch nicht blind, was denkst du?

Er erhob sich, nahm Sibyl bei der Hand, fegte mit einer Handbewegung die brennenden Kerzen vom Tisch. Die Kerzen zerbrachen am Boden und erlöschten. Sie standen sich im Dunkeln gegenüber.

Sag mir die Wahrheit, sag mir alles, stiess er hervor.

Sie sah ihn nur schemenhaft vor sich, hätte ihm in die Augen blicken wollen. Tu es le seul, Malik.

Liebst du mich, er klang plötzlich bittend, dis-le-moi, dis que tu m'aimes.

Sie legte die Arme um seinen Hals. Je t'aime, Malik.

Und genau, als diese Worte ausgesprochen waren, die sie noch nie gesagt, aber oft gedacht hatte, begann es. Ihre Gedanken wirbelten durcheinander, als er sie zum Bett führte und sie sich liebten. Sie war mit Malik und doch auch wieder nicht, sie sah sich von aussen, von oben, wie sie diesen Mann küsste, wie er sie streichelte, wie er in sie eindrang. Sie sah sich mit weit offenen Augen daliegen, als sie den Höhepunkt erreichte, doch in diesem Moment brachen ihre Gedanken auseinander, und sie konnte sie nicht mehr sammeln.

Er legte sich neben sie auf den Rücken, keiner sagte etwas. Sie merkte, dass er nicht einschlief, er starrte an die Decke wie sie.

Aber sie konnte sich ihm nicht zuwenden. Sie wollte allein sein.

Damals musste es angefangen haben. Er zweifelte an ihr. Kurt durfte nie mehr in die Wohnung kommen, auch nicht mit Marianne. Malik war eifersüchtig. Er fing an, sie zu kontrollieren, verlangte, dass sie sofort nach der Arbeit heimkam, war aber selbst oft nicht zu Hause. Die Wohnung war ihm zu wenig sorgfältig geputzt, das Essen passte ihm nicht.

Sie zweifelte an ihm. Wie konnte sie ihn lieben, wenn er ihr nicht vertraute. Aber vielleicht war dies ein Vorwand.

Eins nur war rückblickend gewiss. Sie hatte Malik verloren, bevor er ihr genommen wurde.

Die Mutter sagte nichts in diesen Wochen und Monaten, aber sie spürte sehr wohl, um was es ging. Irrte sich Sibyl, oder schien manchmal Triumph auf in den Augen der Eltern?

Der Vater, der wie jedes Frühjahr den alten Mercedes aus der Garage holte, die Nummern wieder anschraubte und die Karosserie auf Hochglanz polierte, schaute Sibyl mit schmalen Augen an, wenn sie an ihm vorbeiging.

Malik blieb neben ihm stehen, er verstand etwas von Autos und besass den französischen Führerschein. Er fuhr mit den Fingern bewundernd über den spiegelnden Lack und anerbot sich, den Motor zu überprüfen. Der Vater richtete sich misstrauisch auf, rang offensichtlich mit sich selbst, nahm die Hilfe schliesslich an.

Mehrere Abende beugte sich Malik unter die Motorhaube, oder er lag unter dem Wagen. Mit schmutzigen Händen kehrte er beim Eindunkeln in die Wohnung zurück. Schliesslich war der Mercedes zur Zufriedenheit des Vaters überholt, er gab Malik zum Dank die Hand und bewilligte ihm eine Ausfahrt mit Sibyl. Aber als Malik um Erlaubnis für weitere Fahrten fragte, hiess es, non, c'est ma voiture. Maliks Blick verfinsterte sich, nur manchmal strich er bei der Heimkehr verstohlen über die silberglänzende Karosserie.

Äusserlich ging das Leben weiter wie immer, Sibyls erstes Ausbildungsjahr neigte sich dem Ende zu. Sie besuchte einen Tag in der Woche die Kurse, lernte oft zu Hause, traf sich mit Marianne am Mittag. Kurt oder gemeinsamen Unternehmungen ging sie aus dem Weg.

Abends öffnete sie die Tür in eine Wohnung, die leer war. Malik kam erst später, manchmal nahm er einen oder beide Freunde mit, sie sassen am Tisch, redeten arabisch, lachten viel. Von Sibyl wurde nicht erwartet, dass sie sich zu den Männern setzte, es war auch nicht erwünscht.

Sie schliefen weiter zusammen, ihre Körper reagierten wie immer, das war es nicht. Sibyl schaute Malik manchmal an, suchte seine Augen, aber er wandte sich ab.

Im Juni wurde er plötzlich fieberhaft aktiv. Die Diskussionen mit seinen Freunden am Esstisch nahmen zu, es wurde heftig beratschlagt, sie hörte es am Tonfall. Malik telefonierte öfter mit seinem Vater in Paris und seinem Onkel in Ouarzazate.

Eines Abends kam er strahlend auf sie zu, als sie die Wohnungstür öffnete.

Ich habe mir von Ahmed Geld geliehen, sagte er, um deinem Vater den Mercedes abzukaufen. In wenigen Monaten zahle ich das Geld zurück.

Sie schaute ihn fragend an.

Er fasste sie unterm Kinn, schaute sie zum ersten Mal seit langem richtig an. Wir fahren nach Marokko, Sibyl, nach Ouarzazate. Ich habe dem Onkel zugesagt, ich werde sein Geschäft übernehmen. Dort habe ich eine Chance, hier nicht.

Sibyl befreite ihr Gesicht aus seiner Hand, sie wusste, dass er eine Reaktion von ihr erwartete, Freude, überschäumende Freude. Stattdessen setzte sie sich an den Tisch und stützte den Kopf in die Hände.

Malik setzte sich neben sie, er legte den Arm um ihre Schultern. Es wird gut, sagte er, alles wird gut.

Schwarz oder rot, die Teppichfarben. Sie hatte wählen können, damals. Aber alles war schliesslich anders gekommen. Sie schüttelte den Kopf. Man konnte nichts ändern, so war es vor zwanzig Jahren geschehen. Vielleicht hatte die Trauerzeit jetzt ein Ende, sie empfand kaum mehr etwas. Die Teppiche waren für sie Einrichtungsgegenstände ihrer Wohnung wie andere auch, sie nahm sie meist gar nicht wahr.

Plötzlich hämmerte sie mit der Faust gegen den schwarzen Teppich. Vielleicht würde sie wirklich ein Fenster herausschlagen lassen. Vielleicht.

Auf der Schwelle des Wohnzimmers blieb sie noch einen Moment stehen und schaute zurück. Regen fiel vor den Fenstern.

28. April

Ein Fenster herausschlagen lassen. Wieso hat sich das Projekt in meinem Kopf festgesetzt. Es hat mir einige schlaflose Nächte bereitet.

Ich kenne niemanden aus der Baubranche. Schliesslich zog ich in der Bibliothek das Telefonbuch hervor, als Susann in der Pause war. Rief eine Firma in der Länggasse an. Die zuständigen Herren waren in einer Sitzung oder auf dem Bauplatz. Ich versprach, zurückzurufen. Aber ich tat es nicht.

Am Abend machte ich einen kleinen Rundgang, musterte Häuserzeilen in meiner Umgebung. Ich stellte fest, dass das Endhaus von ähnlichen Reihenhäusern oft ebenfalls keine Seitenfenster hat. Man baute damals so. Meine Eltern kauften das Haus von den Fräulein Stuber. Nie war die Rede davon, dass man mehr Fenster haben sollte.

Wahrscheinlich braucht das Herausschlagen von Fenstern eine Baubewilligung. Vielleicht würde sich der Heimatschutz einschalten, weil Seitenfenster nicht zu den alten Reihenhäusern passen. Ich will nichts mit den Behörden zu tun haben. Ich habe das Projekt fallen lassen. Seitdem sind meine Nächte wieder ruhig. Meine Gedanken sind anderswo.

Beim Einhorn.

29. April

Immer war das Einhorn flüchtig, nicht zu fassen. Wo ich es auch angetroffen habe, was ich auch gelesen habe, immer entzog es sich letztlich.

Nur im Mittelalter gab es eine gegenläufige Tendenz. Im Mittelalter, als das Einhorn auf Teppichen, Wappen, Kästchen, Bechern, Schmuckgegenständen gegenwärtig war, glaubte man an seine Stofflichkeit. Man arbeitete mit dem Stoff Einhorn, mit seinem Fell, seinen Eingeweiden und vor allem seinem Horn. Wenn noch eine Spur Zweifel am Einhorn war, so wurde er durch den Stoff Einhorn zerstreut.

Die Mystikerin Hildegard von Bingen befasste sich auch mit dem Einhorn aus Fleisch und Blut. Ein Gürtel aus Einhornfell, sagte sie, schütze vor Pest und Fieber. Schuhe aus Einhornleder hielten Füsse, Schenkel und Gelenke gesund. Hildegard, die auch Medizinerin war, empfahl folgendes Rezept:

Man nehme Einhornleber, pulverisiere sie und mische sie mit einem Brei aus dem Schmalz des Eigelbs und bereite so eine Salbe. Aussatz jeder Art wird geheilt, wenn er oft mit dieser Salbe behandelt wird – es sei denn, dem Kranken ist der Tod bestimmt oder Gott will ihm nicht helfen.

Es gab das Einhorn, also gab es auch den Stoff Einhorn. Seine Leber und sein Herz wurden gehandelt. Und vor allem sein Horn. Die ersten Hörner mit den bekannten Windungen tauchten im westlichen Europa gerade zur richtigen Zeit auf, um 1200.

Das Einhorn war immer da, wenn man es nötig hatte. Es materialisierte sich nach dem Wunsch der Menschen. Aber es entfernte sich wieder nach eigenem Gutdünken, liess (s)ein Horn zurück als Beweis seiner Existenz und verschwand.

Wo kam das Horn her? Das ist eine andere Geschichte. Ich werde ihr nachgehen.

10. Mai

Einhorn-Hörner wurden in der Medizin zum Allheilmittel. Auf einem Plakat warb zum Beispiel ein Londoner Arzt für ein Getränk aus Ein-Horn, das Krankheiten von Skorbut und Gicht bis zu Rachitis und Schwindsucht heile. Apotheken mit dem Namen Einhorn schossen in Deutschland wie Pilze aus dem Boden.

Das Ein-Horn als Wundermittel. Für die Armen blieb da höchstens ein bisschen geschabtes Horn, das sie in der Apotheke oder auf dem Jahrmarkt erstanden. Das Geschäft mit dem Horn, dem ganzen Horn, war den Reichen vorbehalten. Sie schickten ihre Kuriere und Händler aus, ein Ein-Horn musste her. Den Fürsten ging es nicht nur um ihre Gesundheit, sondern ihr Leben. Sie fürchteten Gift in ihrer Nahrung, einen tödlichen Anschlag. Ein-Horn konnte Gift unschädlich machen, das war seit dem Physiologus bekannt. Alle wollten sie das Horn, alle.

Bei Karl dem Kühnen, Herzog von Burgund, lag immer ein Stück Ein-Horn auf der Tafel.

König Heinrich VI von England trug einen als Anhänger gefassten Ein-Horn-Splitter, den er vor dem Trinken in seinen Becher tauchte.

Königin Elisabeth I besass einen mit Gold, Diamanten und Perlen verzierten Einhornbecher und ein Ein-Horn, dessen Wert auf zehntausend Pfund geschätzt wurde.

Ihr Nachfolger Jakob I von England kaufte ein weiteres Ein-Horn zu einem ähnlichen Preis und wollte dessen Wirksamkeit prüfen. Er liess vom Horn etwas abschaben, gab das Pulver in einen Becher mit Gift und hiess seinen Diener trinken. Der Diener trank und starb. Damit lieferte er dem König den ärgerlichen Beweis, dass sein teuer erworbenes Horn nicht echt war.

Das Ein-Horn war die besondere Zierde jeder Schatzkammer, sein Wert ein Mehrfaches von dem des Goldes. Um 1550 wog man in Florenz ein Ein-Horn mit dem zwanzigfachen Gewicht an Gold auf.

In London besassen die Abtei von Westminster und die St. Paul's Cathedral ein Horn, die Pariser strömten zum Ein-Horn von St. Denis, und in der Markuskirche von Venedig kann man bis heute drei silberüberzogene Ein-Hörner bewundern.

Ein-Horn versprach Leben. Martin Luther, der das Einhorn in die deutsche Bibel aufgenommen hatte, liess sich Ein-Horn verabreichen, als er todkrank war. Er starb dennoch.

Man erwartete Unmögliches vom Einhorn. Wunder. Das hat es nie versprochen. Es wollte nie mehr im Menschen erwirken, als in dessen Innerem angelegt war.

Andreas

Sibyl legte den Stift nieder und schloss das Buch des Einhorns, sie lehnte sich in ihrem Stuhl zurück. Es war fast neunzehn Uhr, sie fühlte sich leergeschrieben, hatte Hunger, aber keine Lust, in die Küche zu gehen.

Letzte Sonnenstrahlen leuchteten auf den Blütentrauben des Flieders im Garten, schwacher Duft strich durch das spaltbreit geöffnete Fenster. Der Himmel war tiefblau an diesem Sonntag, der Sommer vorzeitig da, sie musste ihn nur hereinlassen.

Da, ein Kreischen und Pfeifen, Vogelkörper stürzten sich über den Dachrand hinunter und zogen in einer Schleife davon, in Richtung Abendsonne. Die Mauersegler waren wieder da. Jeden Sommerabend setzten sie Zeichen mit ihrem Geschrei, sie markierten den Abend und strukturierten ihn. Sibyl war in den vergangenen zwei Jahren oft stundenlang am Fenster gesessen und hatte ihnen zugeschaut. Auch jetzt öffnete sie das Fenster weit, sie hatte keinen Balkon, aber sie konnte die Vögel mit ihrem offenen Fenster willkommen heissen, sie sollten ihre wagemutigen, artistischen Nummern zum Besten geben.

Sie beneidete die Vögel. Sie hätte sich in die Abendluft schwingen mögen wie sie, endlos kreisen oder Ellipsen ziehen, jeden Morgen, jeden Abend. Und im September ab nach Süden, Nordafrika, oder wo sie sonst hinflogen. Aber im Frühling wäre sie nicht zurückgekommen, nein, lieber hätte sie sich tagsüber vor der Sommerhitze unter ein Dach zurückgezogen, um unter Palmen am Abend um so tollkühnere Figuren an den Himmel zu malen.

Sibyl war bei den Vögeln, aber sie bemerkte auch, dass sich die Haustür öffnete und schloss, sie hörte Schritte auf der Treppe. Schritte, die sie kannte. Andreas. Sie erhob sich, schloss das Fenster vor der Arena der Mauersegler, schaute wie gebannt auf die Wohnungstür. Es klopfte, und sie zögerte keinen Moment, ging hin, machte auf. Andreas stand da, völlig erschöpft. Sie führte ihn zum Sofa, setzte sich neben ihn.

Er stützte den Kopf in die Hände, sass schweigend da. Sie überlegte, ob sie ihm etwas zu trinken anbieten sollte.

Es ist aus, sagte er, ich bin fertig. Fertig. Den ganzen Tag bin ich durch die Stadt gelaufen. Die Sonne. Sie verhöhnte mich mit ihren stechenden Strahlen, trieb mich hierhin und dorthin, nirgends fand ich Ruhe, immer wieder spürte sie mich auf.

Sibyl schaute nach draussen. Die letzten Strahlen waren fort, die Mauersegler mit der Sonne verschwunden, sie zogen ihre Kreise jetzt höher am Himmel.

Ich war auf der Münsterplattform, sagte er undeutlich zwischen den Händen hervor, ich lehnte mich über die Brüstung. Aber ich wagte den Sprung nicht. Keine Erlösung. Taumelnd ging ich aufs Münster zu. Aber der Turm schwankte drohend über mir, trieb mich weiter, wieder in die Stadt hinein ...

Sie stand auf. Andreas, ich koche dir schnell einen Tee, bleib bitte sitzen.

Du sollst jetzt nicht weggehen, zuhören sollst du, schrie er.

Sibyl hatte von ihm kaum je ein lautes Wort gehört, sie liess sich aufs Sofa zurückfallen.

Entschuldigung, sagte er, es war nicht so gemeint. Er schüttelte den Kopf. Ich kann nicht mehr. Nicht mehr diese Tage durchhalten, das ewig Gleiche, diese Abende, wenn ich heimkomme und Helen gegenübersitze, ohne etwas zu sagen. Sie macht sich Sorgen, ich weiss, sie versucht mir zu helfen, sie nimmt mir alles ab. Sie behandelt mich wie einen Kranken, und das bin ich wahrscheinlich auch, krank und müde, ein alter Mann.

Es wird vorübergehen, schob Sibyl ein, du bist nicht alt, du wirst dich erholen, du wirst wieder neu beginnen.

Neu beginnen. Du weisst nichts. Jeden Abend um acht bin ich so müde, dass ich ins Bett gehe. Ich schlafe gleich ein, aber später in der Nacht erwache ich, stundenlang liege ich wach neben der schlafenden Helen. Wälze mich hin und her, sehe keinen Ausweg, bin gefangen. Es wird immer so weitergehen. Wälze mich hin und her, hin und her. Neu beginnen, vielleicht kannst du das, du wirkst offener in der letzten Zeit, gelöster. Darum komme ich zu dir, du hast eine Lösung, du hast herausgefunden aus dem Tal ...

Er stockte und wurde lauter. Nein, nicht nur darum bin ich hier. Bei dir hat alles angefangen. Du hast mein Leben durcheinander gebracht. Ich wollte dir helfen, ich glaubte es zu können. Alles schien einfach, die Nächte bei dir waren so klar, ich sehe noch die Umrisse des Betts im Schein der Strassenbeleuchtung vor mir, die Konturen so scharf wie bei Tageslicht.

Aber dann – er stützte seine Stirn in die Hand – bin ich von dir gegangen, und die Grenzen verwischten sich. In mein bisheriges Leben konnte ich nicht zurück. Wenn ich etwas in die Hand nehmen wollte, griff ich daneben. Alles war schwammig, eine Welt wie unter Wasser, aufgeweicht. Der Stuhl im Büro sackte unter mir weg, die Vorhänge in der Nacht bewegten sich wie Algen vor meinen Augen. Die Worte, die Helen zu mir sprach, wurden vom Wasser aufgesogen. Ihr Mund öffnete und schloss sich wie ein auf- und zuschnappender, stummer Fischmund.

Diese grauen Stoppelhaare vor ihr, ein widerspenstiger Pelz, Sibyl hätte darüber streichen wollen.

Es graut mir vor dem Morgen, ich fürchte mich vor dem Licht, das durch die Vorhänge dringt, setzte er wieder ein. Ertrinken möchte ich in meinem Meer, nie mehr auftauchen müssen. Ich schlafe für kurze Stunden ein, gleite im Wasser dahin, dann reisst mich der Wecker an die Oberfläche. Ein neuer Tag ist da, und ich kann mich nicht rühren. Der Kaffeeduft aus der Küche ist widerwärtig, ich habe Helen einmal die Kaffeetasse aus der Hand geschlagen, die sie mir ans Bett brachte. Jede Bewegung kostet unendlich viel Mühe, das Aufstehen, Waschen, Frühstück essen, Zähne putzen, alles ist eine Tortur, und es folgen endlose Stunden im Büro.

Manchmal gelingt es mir gut, zu funktionieren, fügte er mit leiser Stimme an, aber dann bricht wieder alles über mir zusammen, ich möchte das Fenster abdunkeln, die Tür verschliessen, niemanden mehr in meine Höhle einlassen. Ich zwinge mich, den Tag zu beenden, aber gerettet bin ich erst, wenn ich ins dunkle Schlafzimmer trete. Helen muss die Fensterläden geschlossen halten, die Vorhänge gezogen. Sie schüttelt besorgt den Kopf, aber sie hält sich daran. Ich lasse mich aufs Bett fallen, knöpfe das Hemd auf, mache mir oft gar nicht die Mühe, mich auszuziehen. Ich schliesse die Augen und tauche in meine Meereswelt ein, die mich verschlingt, ja, verschlingt.

Andreas, du brauchst Hilfe.

Er fuhr auf. Hilfe, Hilfe, ich brauche deine Hilfe nicht. Du sollst zuhören, sonst nichts. Helen sagt auch, ich brauche Hilfe. Ich will keine Hilfe.

Du wirst nicht allein herausfinden aus deiner Wasserwelt, Andreas, du wirst ertrinken.

Und wenn ich das will? Auf der Münsterplattform habe ich versagt. Ich habe Abgründe immer gehasst, werde mich nicht hinunterstürzen. Aber Wasser. Wasser. Vom Wasser kann ich mich mittragen lassen, einfach mittragen ...

Mit den letzten Worten klang seine Stimme aus und verstummte. Er erhob sich.

Sie wollte ihn zurück aufs Sofa ziehen, zerrte an ihm, aber er stand da, starr, angespannt aufs Äusserste. Gleich würde er davongehen, aus dem Zimmer, dem Haus, er würde gehen und nie mehr zurückkommen, zu ihr nicht, zu seiner Frau nicht, nicht in die Bibliothek, er würde einfach aus dem Leben hinausgehen. Das durfte er nicht. Alles in Sibyl sträubte sich. Das durfte nicht sein. Sie stand auf, legte ihm beide Hände auf die Schultern, wollte ihn mit Gewalt auf ihr Sofa niederdrücken. Aber Gewalt war nicht nötig, er sank plötzlich in sich zusammen, sie konnte ihn gerade noch auffangen, hinlegen, seinen Kopf auf das Kissen betten, seine Beine auf den Sofarand.

Er starrte sie an, wie wenn er sie nicht kennen würde. Dann richtete sich sein Blick auf das Fenster, die Dämmerung, die den Rahmen füllte, und seine Augen fielen zu. Er atmete regelmässig, nur ab und zu unterbrach ein rasselnder Atemzug, ein Schluchzen, die Ruhe. Sie griff nach seinem Arm, er reagierte nicht, war abwesend. Sibyl schaute einen Moment ratlos auf ihn nieder, dann blickte sie auf, ging zum Telefon.

Als sie um Mitternacht endlich im Bett war, lag das Stoffeinhorn bei ihr, sie hielt es in ihren Armen wie ein Kind. Ihre Augen waren offen, Bilder zogen vorbei. Andreas in seinem Erschöpfungsschlaf auf dem Sofa. Sie, Sibyl, am Telefon. Helen, der sie bald darauf die Tür öffnete. Sie beide, wie sie sich über Andreas beugten. Helen blieb gefasst, sie verstanden sich ohne viele Worte. Noch einmal ein Telefonanruf, der Notarzt. In zehn Minuten war er da, nur kurze Zeit nachdem sie Tee gekocht und ihn Helen gebracht hatte, die neben dem Sofa auf einem Stuhl sass und ab und zu Andreas' Hände in ihre nahm.

Der Notarzt untersuchte, sie besprachen sich mit ihm, er forderte den Wagen der Klinik an. Die Männer trafen ein, sie hoben Andreas auf eine Bahre. Der begleitende Arzt sprach mit dem Notarzt und Helen, sie redeten von der akuten Phase einer Erschöpfungsdepression. Sie nahmen Andreas mit in die Klinik, er sollte in Tiefschlaf versetzt werden, sollte sich erholen können, es hatte keinen Sinn, dass Helen mitfuhr. Die Ärzte und Sanitäter gingen, Helen folgte der Bahre bis zum Wagen, die Türen der Ambulanz schlossen sich und der Fahrer gab Gas. Helen wendete ihren Wagen und fuhr weg.

Sibyl wischte sich die Bilder aus ihren Augen. Sie umklammerte das Stoffeinhorn mit beiden Händen. Andreas, was würde aus ihm werden. Könnte er zurückfinden, oder nicht. Fast hätte sie zu beten begonnen, aber sie überlegte es sich anders. Beten, für was? Dass Andreas gesund würde? Oder dass sein Leben den Weg nahm, den es nehmen musste? Alles hinnehmen. Oder sich auflehnen gegen das Schicksal. Sie hatte es früher getan. Aber es nützte nichts. Man muss es nehmen, wie es kommt, hatte die Mutter gesagt. Aber die Mutter hatte auch gesagt: Man muss für die andern da sein.

Für Andreas und Helen. Aber auch für Kurt und Marianne, sie sollte an sie denken, sich mit ihnen beschäftigen, sie standen vor einer wichtigen Entscheidung, ihre Ehe war gefährdet. Rahel. Rahel mit ihrem Asmir, sie hatte sich noch nicht erkundigt, ob der junge Bosnier bereits ausgewiesen worden sei. Susann Weber, sie kümmerte sich nicht um sie, dabei war sie wahrscheinlich einsam. Und Joris. Die Gedanken an ihn hatte sie weit von sich geschoben. Er ging ihr aus dem Weg seit dem Ausflug nach Basel, sie hatte ihn verletzt, als sie seine Einladung ausgeschlagen hatte. Sie waren sich so nah gewesen an jenem Tag. Sie vermisste die Gespräche mit ihm in der Kantine. Aber er gehörte nicht zu ihr, er war zehn Jahre jünger. Vielleicht war es nur der Altersunterschied, der zur Entfremdung geführt hatte. Was wollte sie von ihm, was sollte er mit ihr. Er hatte das Leben vor sich, konnte heiraten, Kinder haben, oder auswandern, einen andern Beruf wählen, etwas Neues anpacken. Um ihn musste sie sich keine Sorgen machen, bei ihm war noch alles offen.

Sie wühlte ihren Kopf ins Kissen und fing plötzlich zu weinen an. Das Kissen wurde feucht, sie konnte sich nicht beruhigen, bis eine ihrer Hände das Einhorn losliess und nach unten fand, zwischen ihre Beine. Sie schluchzte und lachte, schloss ihre Beine eng um die Hand. Allmählich beruhigte sich ihr Körper, ebbte aus und öffnete sich. Eine neue Welle erfasste sie, eine heisse, ansteigende Woge, die sie in den Schlaf hinübertrug.

20. Mai

Das Ein-Horn beschäftigt mich noch immer. An diesem Horn kann ich mich festhalten. Es trägt mich über Höhen und durch Täler.

Zurück ins späte Mittelalter. Zum Wunderglauben ans Ein-Horn. Als die erhofften Wunder ausblieben, begann man, am Horn und am Tier zu zweifeln.

Das Mittelalter ging vorbei. Die Forscher der Renaissance gaben sich mit einfachen Erklärungen nicht zufrieden. Der berühmte Zürcher Naturforscher Conrad Gessner zweifelte nicht grundsätzlich. Aber er stellte in seinem Tierbuch mit einiger Skepsis fest:

Die Kraft des Einhorns ist vornen am Spitzen heilsamer denn hinten; und ist wohl acht zu nehmen, dass man vom ganzen oder sonst grossen Stücken des Gehörns kaufe, damit man desto minder betrogen werde.

Etliche wollen das rechte natürliche Einhorn also probieren: Man gibt zwei Tauben Arsenik zu essen, der einen gibt man ein wenig Eingehörns zu trinken, bleibt sie lebendig, so ist das Eingehörn echt, so die andere stirbt. Die Reichen mögen das wohl versuchen, wenn sie wollen; denn das echte Eingehörn gibt man so teuer, dass man es mit Gold aufwiegt und vergleicht; das Quintli gilt fast einen Gulden, Krone oder Dukaten.

Nach Gessner gewannen die Zweifler die Oberhand. In der modernen Naturwissenschaft fand das Einhorn keinen Platz. Man wollte es sehen klassieren aufspiessen, aber es war nicht da. Der Preis für das Horn sank in der ersten Hälfte des 17. Jahrhunderts drastisch.

Die Forscher konnten des Einhorns nicht habhaft werden. Aber vielleicht existierte es in der neuen Welt? Die Suche nach dem Einhorn wurde im 16. und 17. Jahrhundert dort fortgesetzt. In der alten Welt konnte sich der englische Gelehrte Edward Topsell nicht abfinden mit dem Verlust des Einhorns. Er schrieb: *Gott selbst muss getadelt werden, falls es keine Einhörner gibt.*

Die Diskussion um die Existenz der Einhörner ging unter den Forschern wie ein Ball hin und her. Schliesslich beendete der Däne Caspar Bartholinus das Spiel mit einer spitzfindigen Erklärung. Zwar gebe es das Einhorn, aber sein Horn habe nicht die ihm zugeschriebene Heilkraft, befand Bartholinus. Er identifizierte das Ein-Horn der Apotheken, Kirchen und fürstlichen Schatzkammern als Zahn des Narwals.

21. Mai

Auffahrt. Ich sitze allein zu Hause, wie könnte es anders sein. Ich habe die Feiertage nicht gern, sie reissen mich aus dem Rhythmus meines Alltags. Alles ist anders heute, keine Geschäftigkeit wie sonst am Morgen. Die Stadt ist erst am Erwachen. Von unten höre ich Stimmen, Nosers haben Besuch, sitzen beim Brunch mit Freunden oder Verwandten. Vorhin wurden Autotüren zugeschlagen.

Ich will noch etwas niederschreiben. Das Schreiben ist mir ein Bedürfnis geworden, eine Sucht fast, die mich nicht mehr loslässt. Ich bin dem Einhorn dankbar dafür.

Das Horn des Einhorns. Es tauchte im Mittelalter auf und untermauerte den Glauben ans Einhorn. Auf verschiedensten Handelskanälen gelangte es ins Zentrum Europas, war aber rar genug, um als Kostbarkeit zu gelten. Heute weiss man, dass das Ein-Horn vom Mammut stammte, vom Walross oder vom Narwal.

Vor allem vom Narwal. Diese Walart lebt rund um den Nordpol und ist eine beliebte Jagdbeute der Eskimos. Die Windungen und weissliche Farbe des langen Frontzahns des Narwals formten die Vorstellung vom Ein-Horn.

Aber auch Walrosszähne dienten als Ein-Horn, und fossile Stosszähne des Mammuts, auf die man bei Grabungen stiess. In den Berner Deutsch-Säckelmeisterrechnungen von 1528 ist eine Geldauszahlung an einen Konrad Ziegler aus Aarau vermerkt, *der das einhorn fundenn hatt.* Für sein Horn, wahrscheinlich ein Mammutzahn, erhielt er den Betrag von einem Pfund.

Als das Geheimnis um das Ein-Horn im späten 17. Jahrhundert gelüftet wurde, verlor es seine Magie. Die Hörner verstaubten in den Schatzkammern.

Ich denke mir, dass es dem Einhorn ganz lieb war, sich zurückziehen zu können.

Zu sehr stand es im späten Mittelalter im Zentrum der Aufmerksamkeit. Zu sehr suchte man sich seiner zu bemächtigen, stellte Ansprüche an das Tier und wollte es besitzen.

Totenwal ist ein anderer Name für den Narwal. Das Einhorn war nicht tot, nur das Horn des Totenwals war tot. Das flüchtige Tier ging durch diese intensivste Epoche seiner Geschichte hindurch und schritt aus ihr heraus, seine Hufe verklangen in der Ferne.

Westwärts

Sibyl erwachte an diesem Mittwoch vor Pfingsten von allein und blieb mit geschlossenen Lidern liegen, sie döste vor sich hin. Die Mauersegler pfiffen schrill im Flug vor ihrem Haus, sie holte sie herein und liess sie hinter ihren Lidern kreisen. Sie folgte ihren kühnen Schwüngen und Schleifen erst nur mit den Augen, dann mit dem ganzen Körper. Sie nahmen sie mit, zogen mit ihr immer grössere Kreise, flogen noch einmal an ihrem Haus vorbei, bis sie bereit war, sich zu lösen.

Sie trugen sie auf ihren Schwingen weit hinauf in den Himmel, sie folgten der Sonne, westwärts. Nicht nach Süden. Es war nicht Herbst, sondern Frühling, bald Frühsommer. Sie flogen über Land und ein blaugraues Meer mit weissen Schaumkronen, das sich endlos vor ihnen ausdehnte. Der Tag ging nie zu Ende, er zog sich in die Länge, das Licht blieb immer gleich.

Plötzlich wusste sie es, sie waren auf der Reise zum Neuen Kontinent, Amerika. Die Mauersegler pfiffen laut, und als endlich Land in Sicht war, Neufundland, ein Land von Flüssen und Seen durchzogen, urwüchsig, dünn besiedelt, zogen sie eine weite Ellipse. Jetzt flogen sie doch nach Süden, der Küste entlang, Häuschen tauchten auf, Häuser, Hochhäuser, ein breiter Fluss zog sich dahin. Auf einer Insel verdichteten sich die Hochhäuser zu einem Wolkenkratzermeer, sie flogen drüber hinweg, verloren immer mehr an Höhe, landeten.

Sie stand auf dem Boden des Neuen Kontinents, die Mauersegler hatten sie hierhin gebracht, sie verabschiedeten sich mit grellen Pfiffen, verschwanden in einem weiten Bogen zurück nach Osten. Sie war allein, die Dämmerung senkte sich auf sie.

Sibyl schlug die Augen auf. Sie hatte sich mittragen lassen. Abrupt setzte sie sich auf. Wieso eigentlich nicht. Sie hatte das Geld dazu, sie hatte schon lange Ferien eingegeben für den 20. Juni, aber noch kein Ziel.

Westwärts sollte es gehen. Sie war so lange den Spuren des Einhorns gefolgt, in verschiedene Himmelsrichtungen, durch die Jahrhunderte. Das Einhorn hatte sie westwärts geführt, nach Paris. Jetzt lockte es sie noch weiter, über den Atlantik, nach New York.

Der Wecker schrillte, sie stellte ihn mit einer fahrigen Handbewegung ab. Halb sieben, sie musste aufstehen, frühstücken, aus dem Haus. Als Stellvertreterin von Andreas war sie seit zweieinhalb Wochen verantwortlich für die Leitung des Alphabetischen Katalogs, sie teilte die Bücher zu, half bei schwierigen Katalogarbeiten, besorgte die Administration und nahm an den Sitzungen der Abteilungsleiter teil. Sie machte diese Arbeit gern, aber es lastete mehr auf ihren Schultern als sonst.

Keine Zeit für Träumereien, keine Zeit, in den Büchern auf ihrem Tisch ein bisschen zu blättern, wie es sonst ihre Gewohnheit war. Sie nahm auch keine Bücher nach Hause, las überhaupt fast nicht, ausgenommen die Gedichte und Geschichten zum Einhorn.

An diesem Mittwoch ging ihr alles leicht von der Hand, schon war sie fertig, verliess das Haus, winkte dem kleinen Remo im Vorgarten zu, sass im Bus, erreichte die Landesbibliothek, ging an Andreas' leerem Büro vorbei zu ihrem eigenen.

Vor zehn Tagen hatte sie Helen angerufen. Andreas musste drei Wochen in der Klinik bleiben und brauchte dann noch zwei Wochen Erholung. Die Prognose war recht gut, laut Helen ging es ihm besser, er sprach mit ihr und den Ärzten, sie war erleichtert. Sibyl auch. Andreas würde zurückkehren und seine Arbeit wieder aufnehmen. Wenn sie in die Ferien fahren würde, wäre er bereits eine Woche wieder an der Arbeit. Man hatte in der Bibliothek von einem Nervenzusammenbruch gesprochen, einer akuten Depression. Niemand wusste, dass Andreas zuletzt bei Sibyl gewesen war.

Auf Sibyls Tisch türmten sich die Bücher. Die Volontärin hatte sie aus der Erwerbsabteilung gebracht, es hätte auch Joris sein können, aber er kam nicht zu ihr. Sie schaute kurz hinein in die Bücher, teilte Susann, der Mitarbeiterin und dem Mitarbeiter im anderen Büro je einen Stapel zu, behielt die schwierigsten für sich selbst. Noch immer quoll ihr Tisch über von Büchern, sie sortierte einen Stapel mit den einfacheren Fällen aus, den sie zügig abtragen konnte.

Die Bücherstapel lasteten auf ihr. In diesen Mengen waren Bücher bedrückend, sie stapelten sich auf ihrem Tisch wie Türme, mauerten sie ein. Sie musste sich Luft verschaffen, um wieder zum Wesentlichen vorzudringen, dem einzelnen Buch mit seinem Inhalt, zu den seltenen Perlen.

Sie hörte nur mit halbem Ohr auf Susann, die Gerüchte über Andreas erzählte.

Er soll zusammengebrochen sein, mitten auf der Strasse. Der Notarzt musste her, hat gleich gesehen, dass es die Nerven sind, hat ihn in die Klinik überwiesen. Waldau, habe ich gehört. Oder vielleicht doch Münsingen?

Sibyl murmelte etwas, das Zustimmung oder Ablehnung bedeuten konnte.

Wir hatten in der Kantine davon gesprochen, dass er nicht mehr normal sei. Kein Lachen, nie, nicht einmal ein Lächeln. Dieser verbissene Gesichtsausdruck. Letzthin hatte er die Rollläden geschlossen, an einem trüben Tag, sein Büro war wie eine Höhle.

Ich weiss, sagte Sibyl.

Das aber weisst du nicht. Vor etwa drei Wochen, Anfang Mai, habe ich geklopft, wollte in sein Büro rein, es war abgeschlossen. Aber er war da, war drin, ich hatte ihn vorher hineingehen sehen.

Ach so, sagte Sibyl.

Susi wartete auf eine weitere Reaktion, aber die kam nicht, dabei sagte man in der Bibliothek, dass Sibyl mehr wisse, aber sie schwieg wieder einmal, mauerte. Plötzlich hörte das Klappern der Tastatur gegenüber auf. Susi, die sich wieder ihren Büchern zugewandt hatte, schaute überrascht auf.

Sibyl lehnte sich in ihrem Stuhl zurück, hatte ihre hellbraunen Augen weit geöffnet und blickte zum Fenster, durch das ein paar schrille Vogelpfiffe drangen.

Kannst du dir vorstellen, Susann, wohin ich in die Ferien fahre am 20. Juni, fragte Sibyl, ihre Augen noch immer auf das Fenster gerichtet.

Susi lehnte sich ebenfalls zurück. Nein, sagte sie. Vielleicht Korsika, oder Sardinien?

Neinnein, Sibyl winkte gelöst ab.

Susis Augen verengten sich zu Schlitzen. Eine griechische Insel, warf sie hin.

Nein, das ist es auch nicht, Sibyl lächelte, ihre Augen, die jetzt Susann zugewandt waren, funkelten.

Du hast Recht, der Süden ist zu heiss im Hochsommer. Also, geht's vielleicht nach Norden?

Nein, du kennst mich doch, ich hab die Kälte nicht gern.

Nun ja, im Sommer, weisst du, könntest du gut einmal in den Norden fahren, dann ist es nicht kalt. Susi überlegte laut. Frankreich oder Österreich ist es auch nicht, sonst würdest du kein Geheimnis draus machen. Ich hab's, rief sie plötzlich. Eine Reise in den Fernen Osten, stimmt's?

Würde mich interessieren, sagte Sibyl, aber du liegst noch immer falsch, ich fahre, nein fliege westwärts.

Die USA, stellte Susi triumphierend fest.

Richtig. Sibyl sprang hoch, kam um den Tisch herum, umarmte Susann fast, drückte ihr immerhin die Hand, wie wenn die Kollegin eine wunderbare Reiseidee in die Luft geworfen hätte wie eine Handvoll Konfetti, die nun auf Sibyl niederrieselten.

Hast du schon gebucht, und wohin willst du überhaupt in den Staaten? Susi liess sich gern vom ungewohnten Enthusiasmus der Bürokollegin anstecken, gleich morgen würde sie mehrere USA-

Fotobände anschleppen, die zu Hause in ihrem Büchergestell standen.

Ich will nach New York, nur nach New York, gebucht habe ich noch nicht.

Gut, sagte Susi, ganz Reiseexpertin, es ist zwar heiss dort Ende Juni, du weisst, New York liegt auf dem Breitengrad von Neapel. Aber kulturell wirst du auf die Rechnung kommen.

Sibyl strahlte, so hatte Susi sie noch nie gesehen. Im gleichen Moment wandten sich beide ihren Büchern zu.

Am frühen Abend sass Sibyl Rahel gegenüber. Sie hatten sich im Café beim Holländerturm getroffen, wo Sibyl vor einigen Wochen mit Rahels Mutter Marianne gesprochen hatte. Rahel wollte nicht auf der anderen Seite des Bärenplatzes abmachen, dort war sie immer mit Asmir gesessen. Asmir und seine Familie, erzählte Rahel, waren Mitte Mai freiwillig ausgereist, nachdem sie jeden Tag die Ausweisung befürchtet hatten. Die Rückreise und einmalige Unterstützungsbeiträge waren ihnen bezahlt worden, aber ihre Wohnung war zerstört, sie hatten gehofft, bei Verwandten unterzukommen.

Asmir war so gereizt in der letzten Zeit, sagte Rahel, ich durfte nichts sagen, die kleinste Kritik hat ihn verletzt.

Der Druck, der auf ihm lastete, war unerträglich, vermutete Sibyl.

Rahel nickte. Jetzt bin ich gespannt, er hat noch nichts von sich hören lassen, seit zwölf Tagen nicht. – Sie nahm einen Schluck Cola. – Er hat auch nichts versprochen, sie drehte an ihrem Fingerring, vielleicht höre ich nie wieder von ihm. Er hat sich hier auf dem Bärenplatz von mir verabschiedet, wollte nicht einmal, dass ich ihn zum Bahnhof begleitete. Er schämte sich wohl vor seiner Mutter und seiner Schwester. Es ist vorbei, Sibyl, ich spüre es, für ihn war ich in den letzten Wochen nicht mehr Rahel, seine Freundin, sondern Rahel, die Schweizerin, Bürgerin dieses Landes, das ihm keine Chance gibt und ihn ausweist.

Sibyl legte ihre Hand auf Rahels Hände, die zitterten.

Rahel schüttelte den Kopf. Ich will nicht mehr darüber reden, Sibyl, es ist aus. Sie drehte ihren Fingerring rundum und schaute Sibyl an. Erzähl du von dir, du bist so anders heute, so ... so ... neu, ich finde nicht das richtige Wort.

Sibyl lächelte. Ich fahre im späten Juni nach New York. Diesmal musst nicht du für mich entscheiden, seit heute Morgen steht mein Entschluss fest.

Rahel musterte die Patin. Bist du etwa wieder in Sachen Einhorn unterwegs, fragte sie.

Sibyl war überrascht. Wieso weisst du das?

Einfach so, lachte Rahel, Intuition. Ihr Kummer schien wie weggewischt, sie blinzelte herausfordernd in die Sonne, die an diesem Abend doch noch durch den weissen Himmel drang.

Du hast Recht, sagte Sibyl, ich reise in Sachen Einhorn. Vielleicht hast du ein Buch mit einem Einhorn auf meinem Arbeitstisch liegen sehen?

Ja, genau, Rahel kniff die Augen zusammen, ein Einhorn umzäunt, so schön wie jenes der Dame mit dem Einhorn, aber geheimnisvoller, stimmt's?

Sibyl war verblüfft. Stimmt. Das ist mein Einhorn-Buch. Darin schreibe ich die Geschichte und Geschichten vom Einhorn nieder, die mir wichtig sind. Das Buch hat sich schon ziemlich gefüllt, aber ich will es nicht beenden, bevor ich nicht mein Einhorn gesehen habe, das Einhorn im Cloisters-Museum in New York.

Rahel war begeistert. Du machst was, sitzt nicht herum wie meine Eltern, diskutierst ewig und handelst nicht. Du weisst ja, Paps hat die Professur in Heidelberg bekommen.

Sibyl wusste es nicht, aber sie sagte nichts.

Er freut sich riesig. Aber Mam will ihn nicht ziehen lassen, sie kann sich eine Wochenendehe nicht vorstellen, sie will nicht allein mit uns zurückbleiben. – Vielleicht wird es doch so kommen. Manchmal denke ich, dass Paps sie verlässt, und ich weiss nicht, ob das gut wäre oder nicht.

Sibyl überlegte, sie sprach nicht gern mit Rahel über die Eltern, die ihre Freunde waren. Sie bog das Thema ab auf Rahels bevorstehende Konfirmation am 7. Juni, fragte sie nach einem Wunsch.

Rahel legte den Kopf schief, dachte angestrengt nach, es fiel ihr nichts ein. Ich hab ja alles, sagte sie, ich überleg's mir noch, okay? Sie hielt Sibyl die Hand hin.

Okay, Sibyl schlug ein. Sie legte das Geld auf das Tischchen, und die beiden schlenderten gemeinsam zur Busstation.

30. Mai

Ich bin der Fährte des Einhorns in der Literatur gefolgt. Leichtfüssig hat es bald hier, bald dort Spuren hinterlassen. So in den Ritterepen des Mittelalters und den darauf folgenden Schäferromanen, und etwas tiefere Spuren in der Romantik. Auch in unserem Jahrhundert taucht es auf, jetzt beim Jahrtausendwechsel, vermehrt.

Nie wurde das Einhorn endgültig vertrieben. Ab und zu hob es seinen Kopf mitten unter den Leuten und brachte sie zum Staunen, bevor es wieder verschwand.

Man konnte nie auf das Einhorn zählen, unerwartet tauchte es auf, ebenso unerwartet machte es sich wieder davon. Berechenbar war es noch nie gewesen.

Die Dichter haben es mit ihren Worten, ihren Verszeilen zeitweilig eingefangen für das, was sie in ihm sahen. Es trägt so viele Bedeutungen in sich.

Ein Einhorn der Treue war der Mann, der meiner Wünsche Ziel war. Um dieses Einhorn sollen die Menschen klagen. Denn um seiner Reinheit willen musste es den Tod erleiden.
(Wolfram von Eschenbach: «Parzival»)

Nun will ich glauben, dass es Einhörner gibt.
(William Shakespeare: «Der Sturm»)

Gejagt von allen Sonnenstrahlen, / Spring' ich wie's Einhorn fessellos, / Bis ich am Abend von den Qualen / Mich flüchte in der Jungfrau Schoss.
(Achim von Arnim: «Die Kronenwächter»)

O unicorn among the cedars/ To whom no magic charm can lead us, / White childhood moving like a sig / Through the green woods unharmed in thy / Sophisticated innocence / To call thy true love to the dance ...
(W. H. Auden: «New Year Letter»)

Kannst Du, mein Tod, nicht kommen als Einhorn ,/ unbeirrbaren Gangs mir den Fluchtpfad / bereiten durchs splitternde Bambusdickicht der Welt? (*Wolfdietrich Schnurre: «Elegie»*)

Reinheit, das Unerklärliche, Liebe, Flüchtigkeit, Tod. Ich verstehe die Dichter und ihre Deutungen. Ich sehe all das und vieles andere auch im Einhorn.

Das Einhorn ist ein poetisches Tier. Es schleicht sich in die Gedanken, fängt sich scheinbar in Satzschlingen, treibt Bilder hervor. Man glaubt, es für seine Zwecke nutzen zu können. Es hält inne, bietet sich an. Aber dann, wenn man ihm eine Deutung überwirft, stellt man erstaunt fest, dass man es doch nicht gefangen hat. Das Tier schwindet vor den Augen, löst sich auf.

Eine Facette bleibt zurück, ein Teilchen wie ein Spiegelsplitter. Man dreht es ratlos in den Händen, es blitzt auf in der Sonne oder im Mond, ist alles und nichts.

31. Mai

Bei Tennessee Williams habe ich einen Spiegelsplitter gefunden. Im Drama «Die Glasmenagerie».

Laura, ein schüchternes, behindertes Mädchen, sammelt Dinge aus Glas. Das kleine Glaseinhorn ist ihr Liebling. Besuch kommt: Jim, der junge Mann, den Laura heimlich liebt. Er schaut ihre Sammlung an. Sie gibt ihm das Einhorn in die Hand.

Jim: Sind – Einhörner in der modernen Welt denn nicht ausgestorben?
Laura: Ich weiss!
Jim: Armer, kleiner Kerl, muss sich sehr einsam fühlen.
Laura (lächelt): Na, wenn auch, er beschwert sich nicht darüber. Er steht im Regal mit Pferden zusammen, die kein Horn haben, aber sie scheinen sich bestens zu vertragen.

Jim setzt das Einhorn auf dem Tisch ab. Er tanzt mutwillig mit der widerstrebenden Laura. Sie stossen an den Tisch, das Glastier fällt herunter, und sein Horn bricht.

Jim: Tut mir aber doch schrecklich leid, dass ich dran schuld bin.
Laura (lächelt): Ich stell mir einfach vor, es hat eine Operation gehabt. Das Horn wurde ihm abgenommen, damit es sich nicht mehr vorkommt wie – eine Missgeburt! (Sie lachen beide.) Jetzt wird es sich bei den andern Pferden ohne Horn wohler fühlen ...

Das Pferd, ein Einhorn ohne Horn. Wenn es so einfach wäre. So ist es nicht. Gerade das Fehlen des Horns hebt seine Bedeutung erst richtig hervor.

Laura wird so wenig zu Jims Mädchen wie das Einhorn ohne Horn zum Pferd. Jim missbraucht ihre Liebe, für ihn ist alles nur Spiel. Das Mädchen zerbricht wie das Tier.

1. Juni

Das ganze Pfingst-Wochenende bin ich diesen Bedeutungssplittern des Einhorns in der Literatur nachgegangen, habe hier und da einen aufgehoben und mir näher angeschaut. Klar ist mir nur eins geworden: Die Splitter werden Splitter bleiben. Sie fügen sich nicht zu einem Ganzen. Die Facetten blitzen in verschiedene Richtungen, sie irisieren, irrlichtern. Wenn ich sie nebeneinander halte, ergibt sich ein funkelndes Etwas, das mir zwischen den Fingern zerfällt. Ein funkelndes Gebilde, das in eine Phantasiewelt gehört, eine Traumwelt, nein, einfach in die andere Welt, in der so viele Dichter ihre Einhörner ansiedeln.

Zum Beispiel Rainer Maria Rilke. Im Sonett an Orpheus sagt er: *Sie liessen immer Raum. / Und in dem Raume, klar und ausgespart, / erhob es leicht sein Haupt und brauchte kaum / zu sein. Sie nährten es mit*

keinem Korn, / nur immer mit der Möglichkeit, es sei. / Und die gab solche Stärke an das Tier, / dass es aus sich ein Stirnhorn trieb. Ein Horn.
Und in Rilkes Gedicht «Das Einhorn» heisst es: (...) *lautlos nahte sich das niegeglaubte, das weisse Tier.* (...) *Doch seine Blicke, die kein Ding begrenzte, / warfen sich Bilder in den Raum / und schlossen einen blauen Sagenkreis.*

Blauer Sagenkreis. Das Einhorn kommt aus dem Land, wo blaue Blumen blühn, wo die Geschichten wachsen.
Ein fernes Land, ein Land der Dämmerung und Nacht, wo vieles verwischt ist, aber das milchige Weiss des Einhorns um so klarer hervorsticht.

Wenn zwischen den Bäumen kein Einhorn auftaucht und sie ihre kahlen Äste ins Nichts strecken, ist es ein Land der Verzweiflung. Im Gedicht «Der Silberdistelwald» von Oskar Loerke sehnt sich das erzählende Ich vergeblich nach dem Tier: *Kein Einhorn kam geschritten.*
In «Dame auf dem Einhorn» von Wilhelm Lehmann bleibt dem Paar Dame und Einhorn vorerst nur des *Gobelins verschlissenes Revier.* Die Dame ist eine Dame von heute, eine schöne Fahrerin, die auf den Wagensitz gleitet. Dann beginnt das Bild zu leben. *Das Einhorn trägt sie durch den Wald, / es grünt der Gobelin.*

Ich kenne sie, diese Momente, wo der Gobelin grünt und alles möglich scheint. Aber ich kenne auch die andern im Silberdistelwald. Stillstand. Gefangen sein im Immergleichen.

Aber dann taucht es wieder auf, das Einhorn, in der letzten Zeit öfter. *Seine Hufe schlugen die Flut / Leicht, nur spielend.* So Gertrud Kolmar im Gedicht «Das Einhorn». Es zieht auf seiner Flucht durch die indischen Wälder, über das Meer, und weiter durch den Orient, westwärts. *Denn seine leichten, flüchtigen Füsse kamen weither aus dem Goldlande Ophir ...*

Hilde Domin warnt: *Wenn die Welt, / frischgehäutet, / dich aus dem Haus ruft / und dir ein Einhorn / gesattelt / zur Tür schickt. / Dann sollst du hinknieen wie ein Kind / am Fuss deines Betts / und um Bescheidenheit bitten. / Wenn alles dich einlädt, / das ist die Stunde, / wo dich alles verlässt.*

Hab ich mich verlocken lassen? Bin ich zu unbescheiden, will ich zu viel? Alles wurde mir genommen. Aber das kann nicht ewig andauern. Ist das gesattelte Einhorn nur eine Falle? Nein, nicht noch einmal. Es darf nicht geschehen. Ich werde es probieren, ich werde das Einhorn besteigen. Auf Gedeih und Verderb.

Das Einhorn bedeutet nicht immer eine falsche Verlockung. Das weiss auch Hilde Domin. In «Einhorn» schreibt sie: *wenn es Durst hat / leckt es die Tränen / von den Träumen.*
So soll es sein. Das Einhorn soll mit mir träumen, ich lasse mich leiten, verleiten wenn nötig. Und vielleicht, wie in «Mein Einhorn» von Brigitte Meng, *sehe ich plötzlich, dass sein Horn / einen Schimmer wie Gold trägt.*

2. Juni

Heute Morgen schlug ich die Bücher zu, eins nach dem andern. Ganze Tage, das Pfingstwochenende, habe ich noch einmal mit Schreiben verbracht, Stöbern in den Büchern, Nachschlagen, das Wesentliche herausfiltern.

Jetzt ist Schluss. Ich habe die Spuren des Einhorns in den Büchern erfasst, aufgegliedert, zerlegt, wie ich es von meiner Arbeit gewohnt bin. Ich glaube es vor mir zu sehen, das Einhorn aus den Büchern. Alles Weitere kann nur in mir selbst wachsen.

Das Gold aus dem Lande Ophir, es war in den Büchern verborgen. Ich habe mich an diesem Gold berauscht. Aber das Horn trägt noch keinen Goldschimmer.

Das Stoffeinhorn auf dem Kopfkissen hat meinen Blick auf sich gezogen. Ich bin hingegangen und habe es geholt, jetzt steht es vor mir auf dem Pult.

Das Einhorn meiner Kindheit. Wenn ich dieses Stofftier nicht gehabt hätte. Es war mein Bruder, meine Schwester. Mit ihm konnte ich streiten, es in die Ecke werfen und mich wieder mit ihm versöhnen. Aber viel häufiger waren wir eins. Eine Einheit, die niemand trennen konnte.

Mutter hat es manchmal versucht. Jetzt leg doch das Einhorn weg, sagte sie, wenn ich von der Schule zurück war und mich im Sessel um das kleine Tier kuschelte. Du bist schon neun, und immer noch drehst du dieses dumme Ding in den Fingern, schläfst in der Nacht damit, dabei ist es dreckig und zerschlissen, schau doch.

Es war abgewetzt, mein Einhorn, der Stoff dünn wie Papier, aber das machte nichts. Hin und wieder warf es Mutter gegen meinen Willen in die Waschmaschine, und es kam zurück, roch fremd und künstlich. Als Ersatz steckte ich den Daumen in den Mund, das half, aber Mutter fand dies noch abscheulicher. Nach einigen Nächten in meinem Bett roch das Einhorn wieder vertraut, wir waren eins, ich brauchte den Daumen nicht mehr.

Was hat deine Gotte Anni nur angerichtet mit diesem Tier, beklagte sich Mutter.

Ich erinnere mich gut an damals. Gotte Anni, die vor drei Jahren an Krebs starb, brachte mir das Einhorn an meinem sechsten Geburtstag. Sie erzählte in ihrer Klasse in Thun das Märchen vom tapferen Schneiderlein, im Handarbeiten nähte sie mit den Mädchen ein Einhorn, die Buben bastelten einen Hampelmann-Riesen. Das Modell-Einhorn, von ihr selbst gefertigt, bekam ich.

Weisst du, sagte Gotte Anni, das Einhorn wird dich vor den andern Kindern beschützen, wenn du in den Kindergarten gehst.

Ich nickte, fasste das Horn sorgfältig mit meinen Fingern, wie wenn es zerbrechlich wäre.

Gotte Anni beugte sich vor. Aber du darfst nicht hochmütig sein wie das Einhorn, sonst bleibst du im Baum stecken mit deinem Horn.

Ich schaute sie mit grossen Augen an.

Deine Mutter sagt mir, dass du wild bist und oft nicht gehorchst. Du sitzt im Garten und versteckst dich, wenn sie nach dir ruft.

Ich senkte den Kopf.

Sie lachte, aber ihre Augen waren ernst. Hör auf deine Mutter, benimm dich so, wie man es von dir erwartet. Dann geht es dir besser als dem Einhorn, dann wird alles gut.

Alles gut, echote ich und drückte das Tier an mich.

Joris

Sibyl erhob sich, sie legte das Einhorn aufs Kopfkissen zurück, es war Zeit.

Eine halbe Stunde später sass sie konzentriert an der Arbeit. Unwillig schaute sie auf, als es klopfte und sie das Quietschen des Bücherwagens hörte. Joris. Noch nie hatte er die Bücher von der Erwerbsabteilung herübergebracht, seit sie Andreas vertrat. Susann war nicht im Büro und vielleicht schon in der Pause. Sibyl half ihm die Bücher auf den Tisch schichten, an dem er drei Monate verbracht hatte.

Schade, dass du nicht mehr hier arbeitest, entfuhr es Sibyl.

Joris blieb stehen. Ja, sagte er, ich vermisse unsere Diskussionen auch.

Sibyl ging zu ihrem Stuhl zurück, setzte sich. Es tut mir Leid, wegen ... damals im April. Ich weiss nicht, eigentlich hätte ich deine Einladung gern angenommen.

Er zuckte nur mit den Schultern.

Ich ... ich möchte dich zu einem Abendessen einladen bei mir. Donnerstag geht nicht, da bin ich in der Sauna, aber Freitag. Einverstanden?

Er schaute sie an, überlegte. Freitag, sagte er, Freitag ist gut.

Sie schlug das nächste Buch auf, während er den Bücherwagen hinausfuhr, und erschrak über das Rattern des Wagens auf der Schwelle.

Um neunzehn Uhr, rief sie ihm nach, als der Wagen durch die Tür entschwand.

Er streckte den Kopf nochmals zu ihr herein, lachte. Freitag, neunzehn Uhr, bestätigte er und schloss schwungvoll die Tür.

Am Freitag kurz vor sieben war sie in der Küche, höhlte Tomaten aus. Eine Füllung mit Thon und eine mit Erbsen und Mayonnaise hatte sie vorbereitet und ein dunkles Brot gekauft, eine Flasche Chianti stand bereit. Sie war es nicht mehr gewohnt, für andere Essen herzurichten, es bereitete ihr Kopfzerbrechen.

Vor zwanzig Jahren war alles anders. Für Malik oder mit ihm zusammen kochte sie. In den folgenden Jahren ass sie immer bei der Mutter. Erst seit dem 19. Juni vor fast zwei Jahren, als ihre Mutter starb, ernährte sie sich abends von Joghurt, Käse und Brot, im Sommer bereitete sie manchmal einen Salat zu, aber das war auch schon alles, schliesslich ass sie am Mittag warm, das genügte.

Sie strich sich mit dem Handrücken die langen Haare aus der Stirn, sie müsste zum Coiffeur gehen. Oder sollte sie die Haare wachsen lassen? Wieso eigentlich nicht, seit zwanzig Jahren trug sie die Haare kurz, das war eine der Handlungen nach dem 20. Juni damals, nichts mehr sollte sein wie vorher.

Es klingelte, Sibyl zuckte zusammen. Sie war nicht fertig, und er schon da. Sie wischte sich die Hände an der Schürze ab, eilte zur Wohnungstür. Da stand er, Joris, jung sah er aus, fast sportlich mit seiner leichten Jacke.

Ich bin zu früh, sagte er, ich weiss.

Nein, das heisst, kaum, beschwichtigte sie ihn lächelnd, du kannst mir in der Küche helfen.

Dachte ich mir doch, dass ich nützlich sein könnte, warf er leicht hin.

Er folgte ihr in die Küche. Im Nu füllte er die Tomaten und setzte sie in die Auflaufform, während sie das Brot schnitt. Er schob die Auflaufform in die Durchreiche, sie stellte sie neben Brot und Käse auf den gedeckten Tisch. Er öffnete ohne ein Wort von ihr den Chianti, sie setzten sich an den Tisch und stiessen an.

Sie zögerte einen Moment. Auf Basel, schlug sie vor, unseren gemeinsamen Ausflug.

Okay, er billigte ihren Vorschlag, auf Basel.

Sie assen schweigend. Plötzlich stand Sibyl auf, ging zum Fenster, öffnete es weit. Kühle Abendluft drang herein und Kindergeschrei aus dem Garten, Nosers Kinder waren draussen, sie spielten unter den Büschen.

Er lachte, erzählte seine Erfahrungen mit Kleinkindern, seine jüngere Schwester habe bereits zwei.

Remo, der Vierjährige, erinnert mich manchmal an mich selbst, sagte Sibyl. So muss meine Mutter mir zugehört haben, wenn ich im Garten spielte.

Bist du hier aufgewachsen?, fragte Joris.

Ja, sie legte das Besteck auf den leer gegessenen Teller und schob ihn zurück. Es gab eine Gastwirtschaft an der Ecke und eine Bäckerei vorne an der Strasse, Brotgeruch zog die Strasse herunter. Am Morgen der Duft nach frischem Brot, am Abend der Schokoladeduft von der Fabrik. Und im Garten der Flieder, der Weissdorn, ich sass in ihrem Schatten und spielte.

So lebt die Kindheit in uns auf, sagte er, in Düften, Gerüchen. Weihnachten ist für mich mit Anis und Zimt verbunden; Anisguetzli und Zimtsterne waren die Lieblinge meiner Mutter, ich hab ihr immer beim Backen geholfen. Meine Mutter war Deutsche, aber sie wollte eine bessere Schweizerin sein als alle andern, darum hat sie ausschliesslich nach schweizerischen Rezepten gebacken.

Und der Lebkuchenduft, der würzige Geruch von verbrannten Tannennadeln?

Genau, das hab ich vergessen, die gehörten auch zum Advent.

Deine Mutter lebt nicht mehr?

Nein, meine Mutter starb, als ich fünfundzwanzig war, plötzlich, an einem Hirnschlag. Meine Eltern wohnten in Ostermundigen, mein Vater lebt noch immer dort, er war Lehrer, ist seit kurzem pensioniert. Er räusperte sich. Und deine Eltern?

Mein Vater starb früh, meine Mutter vor zwei Jahren. Ich bin allein übrig geblieben in diesem Haus.

Hast du gute Erinnerungen an deine Eltern?

Ja. Sie überlegte, schüttelte den Kopf. Ja und nein. Komisch, was man seinen Eltern nachträgt. Meine Mutter hat mir verboten, Käfer zu sammeln. Meine geliebten Pfefferminzkäfer. Ich kann es nicht vergessen. Sie hat mich immer aus dem Garten hereingerufen, wenn ich meine Welt dort eingerichtet hatte. Mein Vater arbeitete viel, er war in sich gekehrt. Es gab für ihn nur die Steuerverwaltung, wo er Abteilungsleiter war, und seinen alten Mercedes im Sommer, und es gab uns, meine Mutter und mich. Wenn er am Abend nach Hause kam, war er schweigsam. Er liess mich in Ruhe und verschwand hinter der Zeitung. Ob er mich wahrgenommen hat? Ja doch, ich trug ihm manchmal die Mappe ins Haus. Am Tisch war es still, das gefiel mir, wir assen schweigend. Mit meiner Mutter hatte ich Auseinandersetzungen, mit meinem Vater nie, bis im letzten Jahr.

Wieso denn, fragte Joris, er hatte seine Serviette neben den leeren Teller gelegt.

Das ist eine lange Geschichte. Sibyl erhob sich und stellte das schmutzige Geschirr in die Durchreiche. Joris bot an, ihr beim Abwaschen zu helfen, aber sie wollte ihn jetzt nicht in der Küche, sie liess das Geschirr stehen. Sie führte ihn ins Wohnzimmer, brachte ihm vom selbstgemachten Eisparfait, setzte sich neben ihn aufs Sofa.

Ich war einmal verheiratet, mit einem Marokkaner, mit Malik, erklärte sie.

Er nickte.

Du weisst?

Nur von der Heirat, nicht mehr, sagte er schnell.

Susann, Susann hat wieder einmal geredet.

Sie berichtete ihm von Paris, während er das Eisparfait löffelweise genoss, für sich selbst hatte sie nichts genommen. Sibyls Blick folgte dem Löffel vom Teller zu seinem Mund, sie musterte sein Gesicht, das in ein kantiges Kinn mündete und eher schmal wirkte auf seinem grossen, kräftigen Körper. Dieses Gesicht war ihr vertraut. Sie lächelte über seine Nickelbrille, die sie ihm gern vom Gesicht genommen hätte, um seine grauen Augen vor sich zu haben.

Von Malik sprach sie unterdessen, wie sie ihn kennen lernte, vom Widerstand ihrer Eltern, von der Heimkehr mit Malik. Sie erzählte vom gemeinsamen Jahr in Bern und erwähnte den Unfalltod von Vater und Malik. Dann verstummte sie.

Joris schaute auf den schwarzen Teppich, den roten Teppich. Das sind Nomadenteppiche aus Marokko, stellte er fest, sie sind von Malik.

Stimmt, bestätigte sie. Sie stand auf und stellte in der Küche die Kaffeemaschine an, ihre einzige Maschine neben einem alten Mixer. Sie kam mit zwei Espressi zurück, stellte sie auf den Glastisch, lehnte sich zurück.

Ich weiss nicht, wieso ich dir das alles erzählt habe, sagte sie, schüttelte verwundert den Kopf. Entschuldige.

Er setzte die Espressotasse ab, die er in der Hand hielt, und legte ihr den Arm um die Schultern. Es gibt nichts zu entschuldigen, sagte er.

Sie konnte sich nicht wehren, es war wie damals im Zug, als sie eingenickt war, sie lehnte sich an ihn. Er griff nach ihrer Hand, ihre Arme lagen nebeneinander, sie folgte mit den Fingern der freien Hand den Sehnen, die seinen Unterarm durchzogen. Ihr Arm wirkte schmal wie ein Kinderarm neben seinem. Und doch war sie so viel älter als er, eigentlich müsste sie ihn schützen, vor allem, was noch auf ihn zukommen würde. Er wusste noch nicht alles, war unverletzt.

Sibyl spürte seine Hand in der ihren, sie fühlte sich unendlich schwer und so leicht wie seit Jahren nicht mehr.

Kurt und Marianne

Zeit war vergangen, viel Zeit, wenig Zeit, sie wusste es nicht. Wahrscheinlich nur wenige Minuten. Sie sassen noch immer da, nebeneinander, miteinander.

Ein schriller Ton zerriss die Stille. Sibyl richtete sich auf, griff nach dem Hörer auf dem kleinen Telefontisch, Joris setzte sich gerade hin.

Ja?

Sibyl? Bist du es Sibyl? Zwei Stimmen kamen durch die Leitung, aufgeregte Stimmen, Kurt und Marianne.

Sibyl erschrak. Ist etwas mit Rahel?

Neinnein, sie lachten, gurgelten ins Telefon, sie hatten getrunken, ihre Stimmen waren angeregt.

Sie atmete tief aus, drehte Joris noch immer den Rücken zu. Was ist?

Wir müssen dir etwas sagen, weisst du. Wir haben gerade gefeiert, auf Heidelberg angestossen.

Heidelberg angestossen, wiederholte sie verständnislos.

Ja, wir fahren zusammen, zusammen, verstehst du, stiess Kurt triumphierend ins Telefon.

Zusammen. Ihr fahrt gemeinsam nach Heidelberg, Marianne begleitet dich.

Ja, lachte Marianne, wir fangen neu an, bei null, stimmt's, Kurt.

Er bestätigte. Bei null, ja. Marianne beginnt ein Studium an der Universität, nicht bei mir, er lachte. Germanistik, wahrscheinlich. Oder Betriebswirtschaft, sie weiss es noch nicht.

Es ist alles offen, sprudelte Marianne hervor. Sie haben mir die Zulassung zugesichert, die Wohnung ist gemietet, Marc ist in einer Tagesschule angemeldet, das gibt mir viel Freiraum, und für ihn ist es ein Neubeginn in einer neuen Schule.

Und Rahel, fragte Sibyl, fährt sie mit euch.

Nein, nein, zum ersten Mal klangen die Stimmen gedämpfter, für Rahel ist es nicht gut, jetzt zu wechseln. Das ist auch ein Grund, wieso wir anrufen.

Ja? Ich höre. Sibyl drehte sich um, weil sie ein Geräusch wahrgenommen hatte. Joris war aufgestanden. Sie wies aufs Sofa, doch sie war an den Hörer gebunden, aus dem die Stimmen jetzt bittend drangen.

Wir können nur fahren, wenn auch für Rahel gesorgt ist. Sie wird sechzehn im August, will im Gymnasium in ihrer Klasse bleiben, und wir haben gedacht ...

Joris stand unter der Tür, Sibyl winkte ihn zurück, er zögerte und näherte sich ihr, strich ihr mit der Hand über Gesicht und Haar. Dann entfernte er sich mit grossen Schritten, rannte fast aus dem Zimmer, zog die Wohnungstür hinter sich ins Schloss. Schritte verklangen auf der Treppe, die Haustür fiel zu.

Sibyl lehnte sich zurück ins Sofa, sie legte den Kopf auf die Sofalehne. Nach einer Weile, die den beiden am anderen Ende der Leitung endlos erschien, fragte sie ins Telefon: Was habt ihr gedacht?

Ob vielleicht Rahel zu dir ziehen könnte, du bist ihre engste Bezugsperson, sie hat jemand nötig, der zu ihr schaut, erklärte Kurt.

Nein, sagte Sibyl, nein, nein. Das geht nicht, ich hab keinen Platz. Nein, keine Zeit.

Sibyl, insistierte Marianne, es ist wichtig für uns, und für Rahel die beste Lösung. Ihr versteht euch so gut, du hast immer mit ihr reden können, besser als ich. Wir haben sie schon gefragt, sie wäre glücklich, bei dir zu sein.

Ja, vielleicht wäre sie glücklich. Aber ich nicht, entgegnete Sibyl, ich nicht. Sie merkte, wie die Stimmen am andern Telefonende krümelten, wie die Stimmung in sich zusammenfiel, aber sie konnte sich nicht bremsen. Ich will allein sein, ich muss allein sein, schrie sie.

Stille. Kleinlaut meldete sich schliesslich Kurt. Du musst Rahel nicht nehmen, sagte er, wir haben nur gedacht, vielleicht wäre es für euch beide eine gute Lösung. Du kannst doch nicht immer allein bleiben. Sibyl, du weist alle von dir, jetzt auch noch Rahel.

Bitte, Sibyl, ich versteh dich ja, fiel Marianne ein, aber denk noch mal drüber nach. Es liesse sich doch einrichten, es wäre gut für Rahel und für uns, und sicher auch für dich. Du musst entschuldigen, dass wir dich so überfallen. Eigentlich wollten wir dich erst an Rahels Konfirmation fragen, aber dachten dann doch, dass wir dich schon jetzt orientieren sollten. Marianne schluckte. Wir haben gefeiert vorhin, es ist alles so schön, so ungewohnt, weisst du. Ich hab diesen Gedanken mit dem Studium schon längere Zeit gewälzt und schliesslich Kurt mitgeteilt.

Und da hab ich gesagt, komm doch mit, warf Kurt ein. Wir fangen zusammen neu an. Marianne war sofort begeistert. Es war, wie wenn die fehlenden Puzzleteile plötzlich ihren Platz gefunden hätten.

Sibyl nickte für sich. Schön sagte er das, er hatte immer gut formulieren können. Für ihre Freunde war jetzt alles klar, der Weg abgesteckt. Entschuldigt, sagte sie, ich wollte nicht schreien, ich mach das sonst nicht.

Wir wissen es, Sibyl, du musst dich nicht entschuldigen. Überleg's dir, sag uns deine Antwort übermorgen bei der Konfirmation, das ist früh genug, klang es synchron aus dem Hörer des Telefons.

Früh genug, wiederholte Sibyl. Die Stimmen am andern Ende der Leitung waren wieder auferstanden, sie züngelten wie Schlangen aus dem Telefon, Sibyl nahm den Hörer vom Ohr, sie wollte nicht hören, was sie noch sagten. Auf und ab schwollen die Stimmen, ein Singsang, von Hoffnung getragen. War da Gläserklirren im Hintergrund, oder täuschte sie sich? Mit unendlicher Anstrengung führte sie den Hörer zurück ans Ohr.

Bis übermorgen, sagte sie.

Auf Wiederhören, Sibyl, wir danken dir. Sie flüsterten ins Telefon, zischten, hängten auf.

Sibyl hielt den Hörer noch immer, schwer wog er in ihrer Hand. Schliesslich fiel er zu Boden, sie schleppte sich ins Schlafzimmer, sank auf ihr Bett. Unter sich spürte sie das Einhorn, es bohrte sich in ihren Körper, aber sie war zu müde, es hervorzuziehen. Bald darauf schlief sie tief.

Sibyl breitete die weisse Serviette auf ihrem Schoss aus, blickte auf, in die erwartungsvollen Augen von Kurt und Marianne. Schon den ganzen Morgen hatten die beiden sie mit ihren Augen fixiert, bei der Begrüssung, in der Kirche, beim Spaziergang zu dieser Gastwirtschaft mit Säli im ersten Stock. Sibyl schaute an ihnen vorbei auf die Aare, die ruhig dahinzog, grün, eisklar. Der Blick auf den Fluss tat ihr gut, gab ihr die Kraft, auszuhalten. Kurt und Marianne auszuhalten, die an diesem Tag siamesischen Zwillingen glichen. Sie wichen nicht voneinander, hielten Händchen, drängten sich aneinander.

Rahel, die Sibyl gegenübersass, starrte auf den grossen Parfumflakon, den sie von Sibyl bekommen hatte. Sie rutschte unruhig auf ihrem Stuhl hin und her, betrieb zwischendurch artig Konversation mit ihrem Paten, einem Studienkollegen von Kurt, Gymnasiallehrer mit drei kleinen Buben, die im Säli hin- und herrannten und die Lehrersfrau in Atem hielten. Die Eltern von Kurt und Marianne, zwei Damen mit silberblauem Haar und zwei fast kahle alte Herren, einer mit Brille, sassen auf der rechten und linken Seite von Sibyl.

Auf dem Weg zur Gastwirtschaft hatte Rahel in Sibyls Ohr geflüstert, dass sie ihren Vater vor einem Monat in der Stadt gesehen habe mit einer jungen Frau, einer Studentin wahrscheinlich. Du traust dem Glück der Eltern auch nicht, stimmt's, hatte sie gesagt und listig ein Auge zugekniffen.

Wieso verletzte sie der Anblick von Kurt und Marianne. War ihr diese Versöhnung, diese traute Zweisamkeit, zu schnell gekommen? Oder war sie nur eifersüchtig? Kurt und Marianne. Mit Kurt wäre es möglich gewesen. Oder nicht? Aber Marianne war ihre Freundin.

Marianne schaute zu ihr. Sie drückte Kurts Hand und fragte: Dürfen wir es jetzt wissen, Sibyl, deinen Entscheid?

Es war still geworden im Säli. Die Grosseltern tuschelten: Was für ein Entscheid, was für ein Entscheid. Kurt und Marianne klärten sie auf, Sibyl gewann einen Moment Zeit. Sie blickte auf Rahel, Rahel schaute ihre Patin an. Sibyl zwinkerte und lächelte Rahel zu. Rahel prustete heraus und fasste sich wieder.

Ist es ein Ja, fragte sie schliesslich.

Ja, sagte Sibyl, ich hab's mir überlegt, ich nehme dich gern bei mir auf. Ich werde die grosse Mansarde auf der Südseite freiräumen.

Rahels Augen strahlten. Sie war aufgestanden, lief um den Tisch herum, umarmte Sibyl. Die alten Damen und Herren murmelten anerkennend, das ist aber schön, Rahel ist gut aufgehoben, jetzt können Kurt und Marianne ohne Sorgen losziehen.

Marc, der zapplig neben Kurt gesessen hatte, sprang auf, zog eine Tischbombe hervor und zündete sie auf dem weissen Tischtuch, bevor die Eltern eingreifen konnten. Es regnete Fasnachtshütchen, Papierschlangen und kleine Plastikmusikinstrumente über die Festgesellschaft. Ein schwarzer Fleck zierte das Tischtuch.

Sibyl zog sich eine Papierschlange aus dem Haar, das schon fast kinnlang war, Marc stiess in ein Trompetchen, das so laut quietschte, dass sich seine Grosseltern die Ohren zuhielten. Kurt und Marianne hatten zwei identische, silberne Hütchen angezogen und küssten sich im Konfettiregen, den Marc über sie ausstreute. Rahel zog Sibyl vom Stuhl hoch, sie begann wild mit ihr zu tanzen, zum schrillen Gehupe von Marcs Trompete.

Die Gymnasiallehrersfamilie schaute entgeistert zu, wie das Fest entgleiste. Den drei kleinen Buben blieb einen Moment der Mund offen, dann fielen sie begeistert ein, tauchten zwischen den

Beinen der Sitzenden nach den Instrumentchen, dudelten und bliesen, was das Zeug hielt.

Kurt und Marianne tanzten eng umschlungen, der Gymnasiallehrer zog seine erschöpfte Frau zu einem Tanz hoch, und sogar die kahlen Herren fassten ihre silberblauen Damen elegant um die Taille.

In Sibyl perlte der Champagner, mit dem sie vor dem Essen angestossen hatten, kleine Bläschen stiegen in ihr auf, sie kicherte vor sich hin. Es sollte sich alles weiter drehen, drehen, sie war auf dem Karussell, fasste nach dem silbernen Ring, hatte ihn, erwischte den goldenen nicht, aber die andern verpassten ihn auch, sie erhielt noch eine Chance, und sie packte ihn, drehte ihn in ihren Händen, versteckte ihn hinter ihrem Rücken, wollte ihn um alles in der Welt nicht dem Karussellmann abliefern, der ihr dafür eine Freifahrt versprach.

Schliesslich rückte sie ihn doch heraus, sie suchte sich ein weisses Pferdchen, drehte Runden wie eine Königin, hoheitsvoll winkte sie den anderen Kindern zu. Als das Karussell langsamer drehte, fasste sie nach dem Horn des Pferdchens, aber da war kein Horn, nur ein rosa Federbusch, das Karussell stockte und hielt mit einem Ruck still.

13. Juni

Ich sitze unter der Blauen Atlantikzeder im Botanischen Garten. Den Garten hab ich fast nicht gefunden, ich glaubte ihn bei der Kornhausbrücke und hab mich am Aareufer zwischen Villen und Palazzi verlaufen. Seit meiner Kindheit war ich nicht mehr hier. Ich las etwas in der Zeitung von blauen Blumen, die jetzt blühten. Aber ich seh nur vereinzelte blaue Flecken, blaue Pünktchen, zum Beispiel von den Glöckchen des Wallwurz, vielleicht bin ich zu spät, die blaue Blütenpracht ist schon hin.

In den Treibhäusern schlug mir heissfeuchte Luft wie eine Wand entgegen, ich durchquerte sie eilig, hatte kaum einen Blick für die Palmen und Kakteen.

Vor dem Farnhaus stand ein mit Aperitifgebäck, Wein und Gläsern überladener Tisch, flankiert von zwei Servierenden in Schwarz und Weiss. Kein Mensch war zu sehen ausser den beiden.

Gehören Sie zur Hochzeitsgesellschaft?, sprachen sie mich an.

Nein, sagte ich und lief fast im Laufschritt durch das Farnhaus und verliess es durch den andern Eingang.

Ich hatte Angst, dass die Hochzeitsgäste über den Garten herfallen würden, aber sie sind nicht gekommen, oder ich hab sie nicht gesehen, ich höre nur das Summen der Bienen, das Zwitschern der Vögel und das Dröhnen des Verkehrs von der Lorrainebrücke.

Der Garten ist für mich wie eine Kulisse. Ich kann sie beiseite schieben, wenn ich will. Nur das Buch auf meinen Knien zählt, das Buch des Einhorns.

Den Spuren des Einhorns bin ich gefolgt. Während Monaten. Wenn Spuren da sind, muss auch das Tier irgendwo sein.

Ich hab es gesucht und bin ihm durch die Zeiten gefolgt. Im Orient hab ich es gefunden und bin mit ihm nach Europa gekommen, in einer Woche werde ich es nach Amerika begleiten, wohin es mit dem Weltenschwerpunkt gewandert ist.

Oft habe ich mich gefragt, ob das Einhorn männlich oder weiblich sei. Ich hab mich ihm verwandt gefühlt und es als weibliches Wesen empfunden. Aber dann wieder war es eindeutig männlich als Begleiter der Jungfrau. Ich glaube, es gehört weder dem männlichen noch dem weiblichen Prinzip an, man kann es nicht vereinnahmen, auch in dieser Hinsicht nicht.

Und das Horn? Ein eindeutig männliches Symbol, ein Phallus, sagen die einen. Ich halte es mehr mit den andern, die im Horn ein geistiges Symbol sehen. Das Horn entspringt aus der Stirn. Es steht für Weisheit, für geistige Stärke. Diese Stärke ist manchmal unausgewogen, einseitig, wenn es mit dem Horn gegen einen Baum rennt und im Stamm stecken bleibt.

Im Osten ist das Einhorn geboren, in den grossen Wäldern im Westen Europas hat es sich ausgebreitet, im Meer des Nordens hat man sein Horn beim Narwal gefunden und in der südlichen, islamischen Kultur hat es Zeichen gesetzt.

Aber nirgends hat es sich festmachen lassen, in keinem Land, keinem Erdteil, keiner Himmelsrichtung. Auf der Erde können wir es nicht festhalten, es ist nicht erdgebunden, es gehört den Lüften an, dem Himmel.

Irgendwo hab ich gelesen, dass man das Einhorn in den «Mountains of the Moon» finde. Dort möchte ich es suchen. Sein silbernes Fell mahnt an den Mond und sein stilles Wesen, sein Auftreten in der Nacht und Verschwinden am Morgen. Es gehört der Nacht an, den Träumen, den schwerelosen Gedichten.

Ich sehe das Einhorn an einem Teich stehen in einer Mondnacht, es taucht sein Horn ein. Feine Rippen überziehen das Wasser und erfassen sein Spiegelbild und das des Monds, bis sie für einen Augenblick eins werden.

Es gibt eine Erzählung aus dem Mittleren Osten. Darin tritt das Einhorn seinem alten Gegenpart, dem Löwen, gegenüber. Vierzehn Jahre verfolgt er es über das Himmelszelt, ohne Erfolg. Weitere vierzehn Jahre jagt es ihn, und es erreicht ihn fast. Da wendet er die alte List an, kommt zur Erde und lässt es gegen einen

Baum anrennen, verschlingt es, als es wehrlos feststeckt. In anderen Versionen der Erzählung ist das Einhorn siegreich, es durchbohrt den Löwen mit seinem Horn, bevor er den Baum erreicht.

Das Einhorn verkörpert den Mond, der Löwe die Sonne. Als zunehmender Mond verfolgt es die Sonne über das Himmelszelt, fällt immer weiter zurück, aber wird immer voller. Bis es schliesslich die Verfolgung von der anderen Seite aufnimmt, wobei seine Sichel immer dünner wird, aber schärfer. Die Sonne verschlingt das Mondtier schliesslich, es verschwindet ein paar Tage und Nächte vom Himmel, bis die unendliche Jagd von neuem beginnt.

Auch in den mondlosen Tagen geht es am Himmel nie ganz verloren. Man findet das Sternbild Einhorn zwischen dem Gürtel des Orion und dem Krebs. Sein Sternenhorn ragt in den Himmel, trotzig leuchtend.

Wie am Himmelszelt, zieht es sich von den Zeitläufen der Erde manchmal zurück, aber es ist immer wieder aufgetaucht. Es gibt das Einhorn, auch wenn man es nicht sieht. Das tut gut, zu wissen.

Du bist unsterblich, Einhorn, weil wir dich immer neu sehen können. Jede neue Zeit wirft ein neues Licht auf dich, und du wirfst ein neues Licht auf uns, formst in uns neue Bilder.

Ich schliesse meine Spurensuche ab. Aelians Aussage zu den Einhörnern gilt noch immer, sie ist ewig gültig: *Sie verfolgen heisst, poetisch gesprochen, dem Unerreichbaren nachjagen.*

Wo kämen wir denn hin, wenn sich alles erklären liesse, durchleuchten, festnageln. In einer solchen Welt möchte ich niemals leben.

Jetzt bin ich wieder zu Hause.

Ich schloss das Buch im Botanischen Garten. Die Hummeln kreisten um die blauen Blumen, und die Welt begann sich wieder zu drehen. Ich stand auf und blieb vor dem Teich stehen. Eine metallene Figur, ein Bub mit altmodischer Hose, spritzt mutwillig Wasser in den Teich.

Der Teich war zweigeteilt, halb Sonne, halb Schatten. Kühle überzog meine Haut, ich machte einen Schritt zur Seite. Jetzt brannte die Sonne auf mich nieder, wärmte meine Schultern und meine nackten Arme, meine Haut begann zu prickeln und zu spannen, rote Lava wälzte sich in meinem Kopf. Ich schaute auf den Goldfisch vor mir, von den Sonnenstrahlen gebannt hing er im brackigen Wasser, nur seine Kiemen bewegten sich leicht. Ich machte kehrt, ging im Halbschatten zurück zu den Heilpflanzen und war bald beim Färbergarten.

Die Färberpflanzen sind unscheinbar. Zwei kannte ich, den Sauerampfer und den Ginster. Der Sauerampfer war mir auf unseren Ausfahrten im Mai begegnet, wenn der Vater den Mercedes an einem Wiesenbord abstellte und ich ins hohe Gras lief, trotz der Ermahnung durch die Eltern. Der Vater warnte mich vor dem giftigen Hahnenfuss. Aber kauten wir nicht von den säuerlich-frischen Sauerampferblättern?

Sauerampfer, Kraut, grauschwarz, stand da. Aus dem Kraut hatte man früher grauschwarze Farbe gewonnen. Gelb lieferte die Resedapflanze oder das Jakobskraut, Hellgrün der Färberginster, und Rot floss aus den Wurzeln des Labkrauts oder der Ackersteinsame. Fehlte Blau, für mich die wichtigste Farbe.

In der Mitte der Färberpflanzen machte ich eine Pflanze aus mit feinen, gelben Blütendolden. Färberwaid, Isatis tinctoria, Blätter – blau, war sie bezeichnet. Aus ihren zerkleinerten Blättern und Harn mischten die Färber eine Brühe, das habe ich im Lexikon nachgeschlagen. Die Tücher wurden in die Brühe getaucht und anschliessend an die Sonne gehängt, wo ihre schmutzig gelbe Farbe zu einem tiefen Blau oxidierte.

Und diese zarte Pflanze, die ich berührte, am Ursprung von allem. Aus Gelb wird Blau. Ich beugte mich zu ihr nieder, roch Sonne und einen schwachen Blütenduft.

An den alpinen Pflanzen vorbei stieg ich hoch, und auf der Treppe zur Lorrainebrücke hielt ich noch einmal kurz inne. Ich sah zurück auf die mächtigen Bäume und die vielen kleinen Blüten- und Farbinseln, in deren Zentrum das Färberwaid sein Gelb reckte, sein Gelb, das Blau versprach.

Mit den letzten Treppenstufen liess ich den Geruch der Pflanzen, den Geschmack des Sauerampfers und das Vogelgezwitscher hinter mir. Der Verkehrslärm brach über mich herein.

Als ich den Garten verlassen hatte, drehte ich mich noch einmal um. Ich erblickte ein Tier über dem Tor, eine steinerne Antilope mit zwei feinen, gedrehten Hörnern. Ich machte noch ein paar Schritte, wandte mich um, kniff die Augen zusammen. Über dem Eingangstor lag ein Einhorn, wachte über dem entstehenden Blau.

Ich ging über die Brücke, geradewegs in die Teer- und Betonwüste von Schützenmatte und Bollwerk. Siebzehn Uhr war bereits vorbei, die Bushaltestelle leer. Ein junger Mann stellte sich mir in den Weg, murmelte etwas. Im Hintergrund stand eine Gruppe junger Leute in schäbiger Kleidung. Ich machte einen Bogen um den Mann, ging weiter am Bollwerk entlang, merkte, dass er mir folgte. Vor dem Coiffeurgeschäft blieb ich stehen, schaute angestrengt auf die Preisliste, sah in der Spiegelung des Schaufensters, wie er einen Moment zögerte und weiterging.

Was wollte er von mir? Angst. Hätte ich Angst haben sollen? Oder war es nur eine harmlose Begegnung? Ich weiss nichts von Bern, von den jungen Leuten hier. In den letzten Jahren hab ich mich so wenig gekümmert um das Leben in dieser Stadt. Wie soll ich in New York bestehen, wenn ich in meiner Heimatstadt fremd bin?

Ich ging nicht zur Bushaltestelle am Bahnhof, sondern bog in die Spitalgasse ein und setzte mich dort auf die Bank bei der Tramhaltestelle, liess Tram um Tram an mir vorbeifahren. Leute schlenderten durch die Gasse, allein, zu zweit, zu dritt. Die einkaufswütige Menge, die sich noch am frühen Nachmittag in die Gassen und Läden gedrängt hatte, war mit vollen Taschen nach Hause gefahren. Die Geschäfte hatten geschlossen, wer sich jetzt noch in der Innenstadt aufhielt, hatte Zeit, verweilte vor den Schaufenstern oder war auf dem Weg zur «Front», den Lokalen am Bärenplatz, wo es auf ein paar Minuten früher oder später nicht ankam.

Auch ich hatte Zeit. Es war lange her, dass ich einfach so dagesessen hatte in der Stadt, ohne Absicht, ohne Ziel. Ich blickte die Gasse hoch zur Heiliggeistkirche und hinunter zum Käfigturm, schaute auf die Fassaden der Häuser gegenüber. Die Fassaden in der Altstadt bleiben sich immer gleich, die Geranien davor auch. Nur hinter den Fenstern vollzieht sich der Wechsel, die Geschäfte kommen und gehen, die Leute auch. Die steinernen Fassaden bröckeln nicht oder nur unmerklich, ich hätte denken können, dass ich noch in der gleichen Gasse sass wie vor zwanzig Jahren, äusserlich hatte sich kaum etwas verändert.

So wie in meinem Leben alles stehen blieb vor zwanzig Jahren. Der goldene Stundenmann im Zytgloggeturm, oder Gott, oder wer auch immer, holte für einmal zu weit aus beim Stundenschlagen, mein Uhrwerk hielt an. In den letzten Monaten habe ich an den Rädchen gedreht, Öltropfen hineingegeben, und wer weiss, vielleicht fangen sie wieder zu drehen an, langsam erst und dann immer schneller.

Ich erhob mich, blinzelte in die Abendsonne und ging auf den Bus zu, der gegenüber anhielt. Ich stieg ein, und die Türen schlossen sich hinter mir, der Bus fuhr ab und trug mich mit, am Bahnhof vorbei, die Schanzenstrasse hinauf in die Länggasse. Ich war geduldet, nicht nur geduldet, sondern aufgenommen als Teil dieses grösseren Räderwerks, der Stadt, des Lebens.

18. Juni

Der Traum, mit dem ich heute Morgen erwacht bin, hat mich den ganzen Tag beschäftigt.

Da waren zwei Gestalten, eine war immobil, in ein weisses Gipskostüm gezwängt, die andere bewegte sich frei und ungezwungen. Das Gipskostüm schloss sich eng um die Glieder und den Hals der ersten Person.
 Die erste Person. Ich? Ja, vielleicht war ich diese Person, es war nie ganz klar, den ganzen Traum über war ich unsicher. Ich steckte im Gipskostüm, schaute mir aber gleichzeitig von aussen zu bei meinen Bemühungen. Es gab Momente gegen den Schluss des Traums, wo ich auch die andere Person hätte sein können, die begleitete, ermunterte.
 Die Gestalt im Gipskostüm erstickte fast, wollte schreien, doch ihr Mund war versiegelt. Die bewegliche Person machte ihr Zeichen, mitzukommen. Doch wie den Panzer sprengen? Verzweifelt versuchte die Person im Gips, die Schale durch kleinste Bewegungen auszuweiten, ein bisschen Raum zu gewinnen für ihre Hände, ihre Füsse, ihren Hals. Der Gips erwies sich als nicht völlig starr, er liess sich von innen abschaben, formen, ihre Glieder gewannen nach und nach etwas Bewegungsfreiheit. Sie schwitzte am ganzen Körper, ihr Kopf lief rot an, ihr Mund öffnete sich einen Spalt. Sie musste einhalten, die Anstrengung war zu gross. Doch die begleitende Person drängte, sie machte Anstalten, wegzugehen, ich wollte mit. Ich versuchte, einen Fuss zu heben, er kam hoch, unendlich langsam, bewegte sich vorwärts, und ich setzte ihn wieder ab. Das Kunststück gelang auch mit dem andern Fuss, sie war mobil, wenn auch eingeschränkt, schwerfällig. Anerkennend ging die andere Gestalt vor ihr her, drehte sich immer wieder um und ermunterte sie, nicht aufzugeben. Ich gab mir Mühe, wollte die Begleitperson, die mir ähn-

lich sah, nicht enttäuschen. Aber wieso verlangte ich so viel von mir, das war grausam. Die Gestalt im Gips hielt noch einmal inne, wusste nicht, ob vorwärts oder rückwärts. Sie schaute an ihrem Gipskörper hinunter, da waren feine Linien, Haarrisse im Panzer. Und wenn auch, sie wollte nur stehen bleiben, an Ort treten. Aber die andere Person winkte, winkte ...

19. Juni

Ich bin am Packen. Was lasse ich hinter mir zurück, was bleibt, woran kann ich mich festhalten.

Die neue Einheit, Kurt und Marianne. Ich habe ihnen nichts entgegenzusetzen. Die beiden haben auf den 1. August in Heidelberg eine grosse Wohnung gemietet. Ihr Haus in der Länggasse ist auf diesen Zeitpunkt vermietet.

Rahel wird Ende Juli bei mir einziehen. Ich habe noch nichts vorbereitet, Möbel der Eltern füllen noch immer die Mansarde. Mitte Juli werde ich mich darum kümmern, vielleicht. Wenn ich zurück bin aus Amerika. Rahel kann auf mich zählen. Mit ihr werde ich eine neue Form der Zweisamkeit ausprobieren. Nähe, Distanz, leben und leben lassen. Eine Tochter, die nicht meine ist.

Andreas ist wieder da. Vergangenen Montag sass er in seinem Büro, wie wenn nichts gewesen wäre. Noch dünner als vorher, mit schwarzen Ringen unter den Augen, aber entspannter. Ich habe ihm die Abteilungsleitung wieder übergeben, ihn über das Laufende unterrichtet, er hat mir still zugehört. Seinen Besuch bei mir habe ich nicht erwähnt. Er hat nicht von der Klinik gesprochen und auch nicht vom Erholungsaufenthalt. Aber er hat mich angesehen, Worte waren nicht nötig. In der Bibliothek behandelt man Andreas zuvorkommend. Der Direktor hat ihm vorsichtig auf die Schultern geklopft, wie wenn er zerbrechlich wäre. Man dämpft die Stimme vor seinem Büro, ist froh, dass die Rollläden oben bleiben und die Tür unverschlossen. Mit der Zeit wird man Andreas aus der Watte packen, er wird wieder ein Rädchen sein wie alle andern.

Joris? Joris. Seit dem Abendessen bei mir ist die Stimmung locker, mehrmals sind wir in der Kantine zusammengesessen und haben über alles Mögliche gesprochen. Die Waage zwischen uns neigt sich nach keiner Seite. Ich beobachte ihn manchmal, wenn er durch den Korridor geht, sein Schritt forsch, das Gesicht oft jungenhaft verschmitzt. Ich möchte ihn einholen, neben ihm gehen, mit ihm gehen. Aber wie soll ich ihn ernst nehmen. Seinen Körper, der wie eine zweite Hälfte zu meinem passte, als ich mich an ihn lehnte. Seine Augen, die Nähe und Sicherheit versprechen und wegen seiner Jugend doch nicht halten können.

Der Flug

Sibyl sass im Flugzeug, sie fühlte sich klein, unbedeutend. Über den Wolken flog sie, aber es war kein Tag des Triumphs, sie presste die Knie an den Sitz vor ihr und wagte kaum, hinauszublicken. Was wollte sie hier, sie gehörte nicht hierhin.

Als sie am Morgen erwacht war, wogen ihre Glieder schwer, alles ging langsam. In Zeitlupe zog sie sich an, nahm den Koffer in die Hand, ging die Treppe hinunter und legte ihren Schlüssel wie abgemacht vor Nosers Wohnungstür. Sie öffnete die Haustür, blinzelte in die Morgensonne und ging Schritt für Schritt zur Bushaltestelle. Bus, Bahn, Flughafen. Die Leute wuselten um sie im Flughafengebäude, sie liess sich schubsen und drängen, wurde schliesslich an einem Schalter ihren Koffer los, stand verloren mitten in der Halle. Wie in Trance war sie zu den grossen Fenstern gegangen, hatte einen Blick auf die silbernen Vögel geworfen, die einer nach dem andern abhoben und verschwanden. Magnetisch hatten die Vögel sie angezogen, sie war durch die Passkontrolle und lange Gänge auf sie zugesteuert, und da stand ein Vogel für sie bereit, das Papier in ihrer Hand war ein Sesam-öffne-Dich. Bald darauf sass sie im Vogel, die Tür schloss sich hinter ihr, und der Vogel wurde zur Falle, sie wusste das Losungswort nicht mehr. Der Vogel flog mit ihr weg.

Unbeirrt kämpfte er sich über die Anzeigetafel westwärts, ein kleiner, roter Vogel. Er hatte ein Ziel, das nicht ihres sein konnte, sie war verloren in ihm, verloren über den Weltmeeren.

Auf der Anzeigetafel war das Datum eingeblendet. 20. Juni. Jetzt erlosch die Tafel, der Film begann, die Bullaugen wurden geschlossen. Dunkelheit umgab sie im Bauch des Vogels, sie wandte sich vom flackernden Licht der Leinwand ab.

Der 20. Juni, sie war vor diesem Datum geflohen. Geflohen in diesen silbernen Vogelbauch, der sie dem Unbekannten entgegentrug. Zwanzig Jahre. Eigentlich wollte sie diesen Zahlen keinen Raum gewähren. 20. Juni, zwanzig Jahre. Die Zwei und die Null breiteten sich in ihr aus.

In die Stille und Kälte eines abseitigen Spitalraumes, in dem zwei Körper lagen, mit Tüchern zugedeckt. Der Arzt schlug das eine Tuch auf, dann das andere, zuckte bedauernd mit den Schultern.

Wir konnten leider nichts mehr tun. Ihr Vater war sofort tot, Ihr Mann – Sie waren doch verheiratet? – verstarb auf dem Weg ins Spital, ohne das Bewusstsein wiedererlangt zu haben. Beide nicht angegurtet, haben die Sanitäter gesagt, aus dem Auto geschleudert, Wagen auf dem Dach. Tut uns leid.

Sibyl war allein im Spital. Sie wollte die versehrten Gesichter nicht sehen, wandte den Blick ab. Der Arzt deckte die Körper wieder zu.

Wenn wir noch etwas für Sie tun können ...

Nein.

Der Arzt musterte sie kurz. Sie können das Organisatorische von einem Bestattungsinstitut besorgen lassen, melden Sie sich bei unserer Verwaltung.

Ja.

Der Arzt schüttelte ihr die Hand. Sie wandte sich ab, ging durch die langen Gänge davon und hinaus, ins unwirkliche Tageslicht. Sie setzte sich im Garten des Spitals auf eine Bank. Die Mutter schlief zu Hause, der Arzt hatte ihr eine Beruhigungsspritze gegeben, sie wurde betreut von Gotte Anni, die sofort gekommen war. Sibyl hatte alles organisiert, den Arzt angerufen und Gotte Anni benachrichtigt. Dann war sie ins Spital gefahren.

Und jetzt musste sie nirgends mehr hin. Irgendwann würde sie das Bestattungsinstitut informieren und Maliks Vater anrufen. Irgendwann. Nichts mehr auf der Welt war dringend. Die Uhren standen still. Begriffen es die Menschen, die im Spitalgarten an ihr vorbeischlenderten, denn nicht. Es war aus, fertig.

Wer sich jetzt noch bewegte, war mit einem Schlüssel aufgezogen, unwillkürlich würde die Mechanik dieser blechernen Tierchen und Menschen über kurz oder lang zu stottern beginnen und schliesslich ganz aussetzen. Aber man konnte sie ergreifen, aufgreifen, irgendeine höhere Macht tat es, brachte sie wieder in Gang, bis er sie irgendwann abräumte. Mechanik kaputt. Wieso verstanden sie es nicht, irrten umher, wie wenn sie ein Ziel hätten, wie wenn sie es selbst bestimmen könnten.

Sibyl verbannte die geschäftigen Menschen aus ihrem Blickfeld, sie wandte sich dem Himmel zu, suchte ihn ab nach etwas Greifbarem. Aber da war nichts, keine Handhabe, nur blasse Bläue. Der Himmel war unbeteiligt, was hatte sie denn erwartet. Er öffnete sich nicht für sie, er war straff über die Stadt gespannt, sie prallte an ihm ab. Sie war zurückgeworfen auf sich selbst, aber da war kein Selbst, es gab nur ein aufgezogenes, ungezogenes Mädchen, eine Frau, die meinte, trotzen zu können.

Man konnte sie wieder aufziehen, sie selbst konnte sich aufziehen, sie musste sich nur nach dem Schlüssel bücken. Wenn keine höhere Macht es tat, musste sie es selbst tun. Ihre Mechanik funktionierte, jaja, sie war nicht kaputt wie bei den zwei andern im stillen Raum.

Sie würde sich bücken nach dem Schlüssel, sie brauchte nur ein bisschen Zeit. Ihre Mechanik hatte ausgesetzt, hatte zu stottern begonnen, als sie die beiden mit quietschenden Reifen aus dem Merianweg biegen sah.

Einige Sekunden zuvor sass Malik im voll geladenen Mercedes, sogar die beiden Teppiche, rot und schwarz, hatte er noch oben auf das Gepäck gelegt.

Malik drehte den Zündschlüssel, der Motor heulte auf. Du steigst jetzt ein, sagte er zu Sibyl, die am Gartentor stand.

In diesem Augenblick tauchten die Eltern vorn in der Strasse auf, der Vater erkannte das Motorgeräusch seines Mercedes, er löste sich von der Mutter und rannte unbeholfen auf das Auto zu. Er blieb vor dem Wagen stehen, schaute erst Malik an, dann Sibyl. Du gehst nicht, rief er Sibyl zu, und drohte Malik mit der Faust.

Der Motor heulte nochmals auf, die Fenster der Reihenhäuser öffneten sich, die Nachbarn beugten sich heraus, Sibyl machte einen Schritt auf das Auto zu.

Der Vater war schneller, er öffnete die Tür auf der Beifahrerseite, setzte sich hinein und schrie Malik an, auf Deutsch, dass er kein Recht habe, sein Auto zu nehmen, und auch nicht seine Tochter.

Malik schaute hilfesuchend zu Sibyl, sie senkte den Blick.

Der Wagen schoss vorwärts, schleuderte leicht, die Beifahrertür fiel zu oder wurde vom Vater zugeworfen. Der Mercedes beschleunigte ruckartig, verschwand um die Ecke.

Die Zurückgebliebenen schauten immer noch auf die Biegung der Strasse, als das Auto schon eine Minute, zwei, drei weg war. Schliesslich begannen sich die Leute an den Fenstern zu regen, sie tuschelten. Sibyl nahm die Mutter am Ellenbogen, führte sie ins Haus, die Fenster der Nachbarn schlossen sich.

Er hat das Auto gestohlen, sagte die Mutter immer wieder vor sich hin, er hat das Auto gestohlen. Plötzlich blickte sie auf. Du hast ihm den Schlüssel gegeben.

Sibyl entgegnete nichts, sie wies nicht auf die fünftausend Franken, die zwischen ihnen auf dem Stubentisch lagen, geliehen von Ahmed.

Malik hatte ihrem Vater das Auto abkaufen wollen, stiess auf Widerstand, überwand seinen Stolz, fragte wieder und wieder. Der Vater verneinte, erbittert, obwohl er den Wagen nur noch selten fuhr. Du kannst doch einen anderen Occasionswagen kaufen, schlug Sibyl Malik vor. Nein, für Malik kam nur der Mercedes in Frage, er verstand nicht, wieso man ihn ein weiteres Mal zurücksetzte. Schliesslich passte Malik dem Vater eines Abends ab, er hielt ihm wortlos die fünf Tausendernoten hin, aber der Vater warf sie Malik vor die Füsse. Niemals, sagte der Vater zu Malik, niemals.

Zu Sibyl sagte er nichts in diesen Tagen. Nur die Mutter flüsterte ihr einmal im Treppenhaus zu: Du gehst nicht, nicht wahr? Du gehst nicht. Sibyl zuckte mit den Schultern. Sie schaute Maliks Reisevorbereitungen zu, Tag für Tag, schlief kaum in der Nacht.

Sie war ihm eine Antwort schuldig, aber konnte sie einfach nicht geben.

Als sie mit der Mutter in der Wohnung sass, wusste sie die Antwort noch immer nicht. Fieberhafte Wochen lagen hinter ihr. Sibyl hatte sich an einem Tag für, am andern Tag gegen Marokko entschieden. Einmal ertappte sie sich dabei, wie sie im Garten die Blütenblätter eines Gänseblümchens auszupfte. Ich fahre, ich fahre nicht, ich fahre, ich fahre nicht ...

Die Standuhr der Eltern tickte fort und fort.

Schliesslich klingelte das Telefon, sie streckte den Arm aus, nahm ab. Die Polizei. In Sibyl wuchs eine weisse Kugel, füllte ihren Magen. Sie ahnte, was kommen würde, sie wusste es.

Unfall mit Todesfolge, sagte der Polizist, beide tot. Unerklärlich der Unfall, Schleuderspuren, anscheinend kein anderer Wagen beteiligt. Auto auf dem Dach, Insassen tot, Gepäck fast unversehrt. Keine Zeugen.

Die Kugel explodierte in ihrem Magen, sie liess den Hörer sinken, rannte ins Badezimmer, würgte, bis nichts mehr in ihr war. Dann ging sie zurück ins Wohnzimmer, legte den Hörer auf, den die Mutter anstarrte, ohne sich zu regen. Sibyl wiederholte ihr die Worte des Polizisten, sie fand keine anderen. Die Mutter nahm die Nachricht in kerzengerader Haltung entgegen, brach erst dann zusammen.

Sibyl war leer, sie funktionierte.

Die Mechanik trieb sie damals beim Eindunkeln aus dem Spitalgarten heim, sie hatte sie zwanzig weitere Jahre durchs Leben bewegt, die Tierchen und Menschen waren widerstandsfähiger, als man dachte, sie liefen weiter, auch wenn ihre Blechhülle ein bisschen verbogen war, und sie manchmal stotterten.

Die Uhren waren stehen geblieben, aber die Mechanik der Blechgeschöpfe nicht, sie drehte und würde immer weiterdrehen.

Die beiden im Auto. Was war geschehen? Der Streit ging weiter. Der Vater griff ins Steuerrad, als Malik den Motor immer mehr forcierte. Malik riss die Hand des Vaters weg, verlor die Herrschaft über das Auto, das sich überschlug und mit einem Knirschen von Metall auf Teer zum Stillstand kam. So könnte es gewesen sein. Der Vater war sofort tot. Maliks junger Körper klammerte sich noch einige Minuten am Leben fest.

Damals in diesem stillen Raum begriff sie nicht, das Begreifen kam erst viel später. An der Beerdigung des Vaters nahm sie alles wie durch eine Glasscheibe wahr. Die Leute schüttelten ihr die Hand, die Scheibe blieb intakt.

Wahrscheinlich begann sie erst nach Tagen und Wochen zu verstehen, wenn sie abends heimkam und die Mutter in der Küche hantieren sah, wie eh und je. Sie klopfte an der Wohnungstür, die Mutter liess sie ein. Die Mutter hatte nichts geändert in der Wohnung, Vaters Mantel hing noch in der Garderobe, seine Kleider im Schrank. Die Mutter führte sie zum Tisch ihrer Kindheit. Er war für zwei statt drei gedeckt. Mutter und sie. Jeden Tag immer wieder, nur noch die Mutter und sie.

Bei Malik begriff sie eher. Sein Vater kam, organisierte die islamische Bestattung. Sibyl war davon ausgeschlossen, sie wusste nicht einmal, was mit Maliks Körper geschah. Jemal El Badri sprach nur das Nötigste mit ihr, er schaute sie nicht an, sie anerkannte schweigend, dass sie Schuld trug.

Die Polizei brachte das Gepäck. Jemal verlangte am Tag nach der Bestattung Maliks Koffer. Sie schob ihn vor Jemal hin und legte auch die beiden Teppiche dazu. Jemal warf die Teppiche auf den Boden, ergriff den Koffer und ging ohne ein Wort aus dem Haus. Sie beugte sich aus dem Fenster und sah Jemal um die Ecke biegen, einen schmalen Mann, der einen grossen Koffer schleppte. Sie sah ihn nicht wieder, hörte auch nie wieder etwas von ihm.

Als er fort war, wusste sie, dass auch Malik endgültig aus ihrem Leben verschwunden war. Seine Dinge waren weg, alles, was an ihn erinnerte, ausgenommen die Teppiche und sein Name im Pass und auf offiziellen Briefen.

Sibyl verstrebte die Füsse unter dem Sitz vor ihr, sie lehnte den Kopf an die Bauchwand des Vogels und schloss die Augen. Sie war müde, unendlich müde.

Licht überfiel sie, als sie die Augen wieder öffnete, grelles Licht. Der Film hatte ausgeflimmert, die Bullaugen waren offen. Über die Anzeigetafel bewegte sich wieder der kleine, rote Vogel, er hatte abgedreht, flog über Land, über eine Stadt, einen breiten Strom.

Sibyl setzte sich auf und liess sich von der Air-Hostess Cola mit Eis geben, besser, sie gewöhnte sich gleich daran, in Amerika, glaubte sie aus Filmen zu wissen, gab es fast nichts anderes.

Sie schaute auf die Küstenlinie hinunter. Der Neue Kontinent. Ungläubig schüttelte sie den Kopf.

Sie flogen über Boston, Sibyl füllte Einwanderungsformulare aus und trank die letzten Schlucke Cola. Sie las in einem New-York-Führer, den ihr Joris am Mittwoch zugesteckt hatte. Joris hatte im Vorjahr drei Monate in New York verbracht, er wusste sehr viel über die Stadt. Sibyl hatte sich kaum vorbereitet auf diese Reise, aber es blieb ihr noch viel Zeit. Sieben Hotelnächte in New York waren reserviert, und der Rückflug in drei Wochen. Was sie in der zweiten und dritten Woche machen wollte, wusste sie noch nicht, wichtig war nur das Cloisters-Museum, gleich morgen würde sie hinfahren.

Als sie an Höhe verloren im Anflug auf New York, legte sie den Führer weg. Sie hielt nach Manhattan Ausschau, aber die Hochhäuser waren nicht zu sehen, da war nur eine lange Halbinsel, Long Island, sagte der Pilot. Manhattan, Long Island, die amerikanischen Wörter dehnten sich in Sibyls Mund. Marlboro,

Philip Morris, wieso kamen ihr Zigarettennamen in den Sinn. Und Drinks, Gin Tonic, Whiskey Soda, Bloody Mary. Sie freute sich plötzlich auf das Amerikanische, das ihren Gaumen dehnte wie Kaugummi und klebrig süss wie Coca Cola die Kehle hinunter rann.

Die Häuschen kamen näher, die hellblauen Flecken der Schwimmbäder und die Brandung des Meeres. Das Flugzeug machte Anstalten, auf dem Meer aufzusetzen, aber dann zeigte sich eine Piste. Das rote Vögelchen, das schon lange von der Anzeigetafel verschwunden war, setzte als grosser, silberner Vogel auf, schoss auf der Piste dahin, rollte aus.

Eineinhalb Stunden später sass Sibyl im Bus nach Manhattan. Der Bus trug sie in den Abend eines endlosen Tages hinein, ein Tag, der zwei Kontinente umfasste und dazwischen acht Stunden Flug, und doch war der Himmel noch hell, er wölbte sich über Autostrassen und immer höhere Häuser. Bei der Einfahrt in Manhattan schienen sich die Wolkenkratzer einander zuzuneigen, so hoch waren sie. Aber als Sibyl ausstieg zwischen den grossen Autos und hinaufschaute, bogen sich die noch immer besonnten Hochhäuser auseinander, zeigten einen hellen Streifen Himmel.

Sie erhielt ein grosszügiges Eckzimmer im obersten Stock des Hotels. Trotz Aircondition schob sie das Fenster hoch, beugte sich hinaus, blickte über die Dächer der Hochhäuser, hinter denen eben die Sonne unterging. Ein Fluss breitete sich in der Ferne aus, ein riesiger Fluss, der im Abendlicht aufleuchtete. Der Hudson.

21. Juni

Im Klostergarten sitze ich, wieder in einem Garten. Um mich herum sind Blüten, Düfte, Gerüche, Geräusche, aber ich bin wie versiegelt, das Einhorn hat meine Sinne gefangen genommen. Sogar die Buchstaben und Laute sind mir durcheinander geraten, ich habe einen Museumswärter in einem verdrehten Kauderwelsch angesprochen, er hat mich angesehen, wie wenn ich von Sinnen wäre. Ich bin von Sinnen. Meine Sinne haben sich von mir gelöst, sie sind ganz auf dieses eine Wesen bezogen, um das dieses Museum gebaut scheint.

Man hat das Cloisters-Museum zusammengetragen in Südfrankreich und Spanien und die mittelalterlichen Kreuzgänge und Kirchen zu einem Ganzen gefügt. Eine verrückte Idee. Das Cloisters liegt in einem Park über dem Hudson, diesem breiten Lebensstrom der Neuen Welt. Es ist ein surreales Ganzes, ein Ort wie geschaffen für dieses Wesen, das sich aus Teilen von Geschichte, Phantasie, Erlebnissen und Erfahrungen in jedem von uns auf seine eigene Weise zusammensetzt.

Mein Einhorn. Hier habe ich dich gefunden, hierhin hast du mich gebracht. Vor langer Zeit ist aus meinem Leben eine Wand herausgefallen, meine Welt hat sich geöffnet in eine Öde und Leere, in der ich seither überlebt habe, Tag für Tag. Du hast mich in den letzten Monaten geleitet, Einhorn. Ich bin hinter dir hergelaufen, du hast mich hierhin und dorthin geführt. Manchmal glaubte ich schon, du habest dich mir auf immer entzogen. Dann bist du wieder aufgetaucht, ich habe deine Fährte aufgenommen. Über den Ozean hast du mich schliesslich getragen, du kannst über Wasser gehen, wie auch durch die Lüfte.

Jetzt bin ich angelangt. Ich spüre, dass ich dich zurücklassen muss, hier ist deine Zufluchtsstätte. Ich bin durch Kreuzgänge gegangen, bin in romanischen Kapellen verweilt und habe die Verkündigung von Robert Campin bewundert. Licht ist durch hohe, gotische Kirchenfenster auf mich gefallen, Madonnen haben auf mich heruntergeblickt. Aber es war alles nur Auftakt für den Saal mit dem Einhorn.

Ich habe diesen Raum betreten und dich gesehen. Wenig Licht dringt in den Saal, aber deine milchig weisse Farbe leuchtet.

Die sieben Einhorn-Teppiche stellen eine Jagd dar. Du wirst gejagt, wie man im Mittelalter Hirsche jagte. Mit einem Tausendblumenteppich beginnt die Jagd, die Jäger stehen bereit, die Hunde sind noch an der Leine.

Auf dem zweiten Teppich haben sie dich gefunden und eingekreist, du kniest am Wasser, das du mit deinem Horn entgiftest. Die Tiere um dich warten, bis sie trinken können. Die Jäger zeigen auf dich, aber sie halten respektvoll Abstand.

Im dritten Teppich halten dich Jäger mit Speeren in Schach, aber es ist, wie wenn die Speere an dir abprallen würden, du bleibst unversehrt.

Im vierten Teppich setzt du dich zur Wehr, du schlägst aus und schlitzt mit deinem Horn einen der kläffenden Hunde auf. Du bist wild, ich hatte ganz vergessen, dass du ebenso ungebändigt, kräftig und stolz bist, wie du sanft und wohlwollend sein kannst. Deine Wildheit gehört dazu, sie ist ein Teil von dir.

Auf dem fünften Teppich, der nur in Fragmenten erhalten ist, wirst du von der Jungfrau gezähmt, ihre Begleiterin verrät dich an die Jäger. Von der Jungfrau ist nur der goldbrokatene Ärmel erhalten und die Hand, die deine Mähne krault. Du fällst wie immer auf den Trick herein, lässt dich von der Jungfrau bezirzen.

Das musst du büssen, denn im sechsten Teppich wirst du von den Jägern erlegt und auf einem Pferd dem Herrn und der Dame im Schloss zugeführt. Die Farbe der Kleider dieser Dame und der Jungfrau im fünften Teppich sind gleich, die beiden Frauen sind möglicherweise identisch.

Im siebten Teppich, dem Sujet meines Einhorn-Buchs, bist du, o Wunder, wieder lebendig. Du bist auferstanden, aber Blutspuren auf deinem weissen Körper zeugen vom vorangegangenen Leid. Sollst du Christus darstellen? Auf dem vierten Teppich gibt es den Jäger-Engel Gabriel, der ins Horn stösst und zur Verkündigung bläst. Du bist eingegangen in den Leib der heiligen Jungfrau Maria, bist deinen Leidensweg gegangen, von den verräterischen Menschen gekreuzigt worden, und schliesslich bist du auferstanden.

So kann man dich verstehen. Aber eine religiöse Erklärung der Einhorn-Teppiche schliesst im Mittelalter eine weltliche nicht aus. Du bist auch der Liebhaber auf Minnepfaden. Von den gemeinen Jägern lässt du dich nicht erlegen, aber wenn es der Wille ist der geliebten Dame, dann bist du zu allem bereit. Du gibst dich der Dame ganz hin, erliegst der Liebe. Unbeschadet gehst du aus deinem Liebestod hervor, die roten Spuren auf deinem Rücken sind nur Saft und Samen der Granatäpfel, die im Baum über dir aufgeplatzt sind. Granatäpfel, ein Symbol der Fruchtbarkeit, der Hoffnung und des ewigen Lebens.

Du bist doppeldeutig, Einhorn.

Ein kostbares Halsband trägst du, mit einer goldenen Kette bist du an den Baum gefesselt. Das ist die Chaîne d'amour, bekannt aus mittelalterlichen Liebesromanzen. Darum deine Ergebenheit, ich verstehe jetzt. Du musst dich nicht wehren, deine Gefangenschaft ist freiwillig, du bist sie eingegangen im Namen der Liebe.

Über dir ist ein verschnörkeltes A und E in den Teppich gewoben, kunstvoll verbunden durch Schleifen, die gleichen Buchstaben finden sich in den anderen Teppichen. Ich habe den Wärter nach der Bedeutung dieses A & E gefragt. Die Teppiche stammten aus der französischen Adelsfamilie de La Rochefoucauld, erklärte er, sie seien vielleicht zur Hochzeit des François de La Rochefoucauld Ende 15. Jahrhundert in Auftrag gegeben worden. Er zeigte dabei auf ein anderes Monogramm, F & R, das ich übersehen hatte. Das A & E dagegen sei nicht geklärt, es bleibe ein Geheimnis. Möglicherweise, meinte der Wärter, stehe A & E für Amor in Eternum. Ewige Liebe, ein passendes Motto für einen Hochzeitsteppich.

Ich bedankte mich und wandte mich noch einmal zu dir, um mich zu verabschieden.

Du musst nicht in allem erklärt sein, Einhorn. Es ist genug, dass du bist.

Die Vögel zwitschern in meinen Ohren, mittelalterliche Musik dringt aus dem Museum, die Sonne brennt auf meine Haut auf der Westterrasse des Cloisters mit Blick über den Hudson, der unter mir rauscht. Die Geräusche verweben sich und halten mich umfangen, ich fühle mich geborgen. Geborgen in dieser Welt, in die der Hudson mich hinausträgt. So müssen sich die Siedler gefühlt haben, als sie die Neue Welt erkundeten.

Ich bin frei, frei. Morgen werde ich noch zwei winzige Pflichten erfüllen, die keine sind. Ich werde zwei Karten schreiben, eine an Rahel und eine an Susann.

Und ich werde einen Anruf machen. Ich hätte es wissen können. Vielleicht wusste ich immer, wer mir das Buch geschenkt hat, aber ich wollte es nicht wissen.

Die Augen sind mir aufgegangen, als ich den Museumsshop betrat. Ich habe es sofort gesehen. Mein Einhorn-Buch.

Ich stockte nur einen Moment, ging zu ihm hin. Da lag es, ein Stapel von zehn, zwölf Exemplaren. Alle genau gleich wie das Buch in meiner Tasche. Versehen mit dem glänzenden Einhorn-Einband, voll mit leeren Seiten, bereit zum Kauf.

Nein, nicht wie mein Buch. Seine Seiten sind nicht leer, ich habe sie in den vergangenen Monaten gefüllt, voll geschrieben. Ich schreibe auf seiner letzten Seite. Soll ich es verdoppeln, ein neues, unbeschriebenes Exemplar dazukaufen? Nein, das will ich nicht.

Mein Einhorn-Buch ist einzigartig. Ich werde es weglegen. Ich werde das Buch nicht mehr brauchen, aber es wird gut sein zu wissen, dass es da ist. Ob ich noch schreiben werde? Vielleicht.

Ein Anruf

Du?
 Ich. Er lächelte, schob die Brille hoch und setzte sich mit dem Hörer in den Sessel neben dem Telefon. Montagmorgen, eben war er aus dem Badezimmer gekommen. Er schaute auf die Vitrine. Rufst du aus dem Hotel an?
 Ja.
 Das ist viel zu teuer.
 Nein. Ich will es jetzt wissen.
 Das Buch?
 Das Buch des Einhorns.
 Ein Geschenk. Von mir. Ich hab es vergangenes Jahr im Cloisters gekauft, wollte es selbst brauchen, es blieb liegen. Ich hab das Einhorn bei dir gesehen. Das Buch wollte zu dir.
 Sie lachte staunend. Warum das Einhorn bei dir?
 Es hat mich immer begleitet, ich hab gedacht, es könnte auch für dich da sein. Meine Mutter hiess Einhorn, Ulrike Einhorn. Sie hat Einhörner gesammelt, ich habe die Sammlung ergänzt. Die Einhörner stehen bei mir in der Vitrine. Sie sind staubig, aber ich hätte sie dir gern vorgestellt. Jedes einzeln.
 Eine Einhorn-Sammlung?
 Ja, ich hab dir damals meine Sammlung zeigen wollen.
 Keine Briefmarken also, sie kicherte. Hast du auch ein gläsernes Tier?
 Natürlich. Sein Horn ist nicht gebrochen.
 Joris?
 Ja?
 Es tut mir Leid. Ich hab dich nicht verstanden, ich kann nicht auf andere eingehen. Sie umklammerte den Hörer.
 Das ist nicht wahr, sagte er. Vielleicht verstehst du andere zu sehr.

Joris? Ich möchte dich sehen. Aber du bist so jung, ich kann nicht ...

Ich möchte dich auch sehen. Was heisst so jung? Ich bin eben zweiunddreissig geworden. Ich weiss, was ich will.

Ja, stimmt, ja. Sie überlegte. Weisst du, du kannst ruhig ablehnen. Ich mache jetzt einen verrückten Vorschlag. Hast du nicht Ferien nächsten Samstag? Du ... du könntest nachreisen, wenn du noch nichts vorhast. Du kennst New York so gut, wir könnten zusammen etwas unternehmen. Ich bin noch zwei Wochen hier. Oder wir könnten ... Sie redete und redete, nur um seine Antwort hinauszuzögern.

Er fiel ihr ins Wort. Wir könnten den Hudson entlangreisen, das wollte ich schon lange tun. Mit dem Auto, mit der Bahn, irgendwie. Den Hudson hinauf, vielleicht bis zu seiner Quelle und wieder zurück ...

Du kommst also, du kommst wirklich?

Ich schaue, was zu machen ist. Den Flug muss ich buchen, das Hotel. Ich hab kein anderes Reiseziel. Ich würde dich gern treffen. Und New York, du weisst, wie mich diese Stadt fasziniert. Gib mir deine Nummer, ich werde dich zurückrufen.

Sie gab ihm die Nummer, runzelte die Stirn. Ich möchte deine Sammlung sehen.

Das verschieben wir auf später, abgemacht? Ich werde kein Einhorn einpacken, schon gar kein gläsernes.

Ich hab das Stoffeinhorn auch nicht mit, habe es zu Hause gelassen, zurück auf den Sekretär gestellt. Aber das Buch habe ich mit, mein Einhorn-Buch. Es ist voll geschrieben. Wenn du wüsstest, was du ausgelöst hast mit deinem Geschenk.

Ich weiss, Sibyl, ich glaube es zu wissen.

Aber nein, du kannst nicht alles wissen. Heute Abend war ich in einem Jazz Club. Das Saxophon hat mir aus der Seele gespielt, ich bin nach vorn gegangen, habe getanzt, allein, solange der Saxophonist auf der Bühne war. Einfach so.

Ich freu mich auf dich.

Sie atmete tief ein. Ich freu mich auch.

Sie legte auf, ging zum Fenster, schob es hoch, beugte sich hinaus. Es war bald ein Uhr in der Nacht, aber da unten gingen kleine Menschen auf der Strasse, immer noch, als hätten sie ein Ziel.

Eine feine Mondsichel hing zwischen den Häuserschluchten. Sibyl suchte den Fluss, aber da war nichts, nur Dunkelheit. Sie musste auf die Dämmerung warten. Dann würde sich der Hudson vor ihr ausbreiten, so weit das Auge reichte. Sie würde ihn hinauffahren, diesen Lebensstrom. Vielleicht bis zur Quelle des Hudson, wo immer das war.

Zitatnachweis und Quellen

H. Auden: Collected Poems. London, 1976.

Rüdiger Robert Beer: Einhorn. Fabelwelt und Wirklichkeit. München, 1972.

Die Bibel, nach Luther respektive Zwingli.

Hilde Domin: Gesammelte Gedichte. Frankfurt a. Main, 1987.

Fabeltiere. Von Drachen, Einhörnern und anderen mythischen Wesen. Hrsg. von John Cherry. Stuttgart, 1997.

Margrit Früh: Das Einhorn – das geheimnisvolle Fabeltier. Begleitkatalog zur Ausstellung. Mitteilungen aus dem Thurgauischen Museum Heft 29. Frauenfeld, 1993.

Brigitte Meng: Die Fische sind meine Bücher. Gedichte und lyrische Prosa. Muttenz, 1980.

Der Physiologus: Tiere und ihre Symbolik. Übertragen und erläutert von Otto Seel. Zürich/München, 5. Auflage 1960.

Rainer Maria Rilke: Der ausgewählten Gedichte erster und zweiter Teil. Wiesbaden, 1951.

Rainer Maria Rilke: Die Briefe an die Gräfin Sizzo 1921–1926. Frankfurt, 1985.

Tennessee Williams: Die Glasmenagerie. Ein Spiel der Erinnerungen. Frankfurt a. Main, 1992.

Frauenschicksale bei Zytglogge

Therese Bichsel
Schöne Schifferin
Auf den Spuren einer aussergewöhnlichen Frau

Berühmte Reisende haben von ihr berichtet, und die Malerei der Biedermeier- und Regenerationszeit hat sie auf ihren Bildern stets von neuem zur Ikone einer heilen Welt und zur Gallionsfigur der Flucht aus der Wirklichkeit stilisiert: Elisabeth Grossmann (1795 bis 1858), «la belle batelière», die schöne Schifferin vom Brienzersee.

Nun hat Therese Bichsel das ferne Gemälde zu irritierendem Leben erweckt und in einer teils erfundenen, teils dokumentarischen, gekonnt geschriebenen Darstellung aus einer idealistischen Mystifikation eine irdische, reale, den Bedingungen und Herausforderungen ihrer Zeit ausgesetzte, in sich selbst widerspruchsvolle Frauenfigur gemacht.

Therese Bichsel gelingt es völlig unprätentiös, Zeittypisches aus der Volkskunde, der Sagenwelt, der Literaturgeschichte und der Folklore in ihren Text einzuarbeiten und damit sehr präzise und glaubwürdig die Atmosphäre und die gesellschaftliche Situation im Berner Oberland der Regenerationszeit zu spiegeln. Am eingängigsten und nachvollziehbarsten aber gelingt ihr das bei jenem Thema, das unzweideutig im Mittelpunkt der ganzen Geschichte steht; beim Thema Frau, Liebe und Ehe in der ersten Hälfte des 19. Jahrhunderts. Ganz von innen heraus, aus der Optik einer liebenden, leidenden und enttäuschten, mit sich selbst und um ihre Unabhängigkeit und Würde ringenden, aber dennoch den Ansichten, Meinungen, Gesetzen und Sehnsüchten ihrer Zeit unterworfenen Frau heraus, vermag sie mit Hilfe der vorgefundenen Briefe, aber vor allem auch mittels eines ganz feinen, subtilen Einfühlungsvermögens an einem konkreten Fall zu zeigen, was es vor nicht einmal zweihundert Jahren in unseren Breitengraden hiess, dem weiblichen Geschlecht anzugehören.

Wie sie die sentimental-romantische Liebe des Neuenburger Professors zu einem irrealen Traumbild der egoistischen, besitzergreifenden Liebe des Kneipenbesitzers Peter Ritter zum blossen Nutz- und Vergnügungsfaktor Frau einander gegenüberstellt und die Frau, spektakulär für diese Zeit, unter Aufbietung aller Kräfte von letzterem sich lösen lässt – das deckt ein ganzes, weites Spektrum von damaligen Möglichkeiten und Verhaltensweisen ab, wie es zusammen mit der Einschätzung durch die Verwandtschaft, durch die Gerichte und durch die verständnislose Umwelt keine wissenschaftliche Sozialgeschichte einleuchtender und bewegender zur Anschauung bringen könnte.

Charles Linsmayer, Bund

Frauenschicksale bei Zytglogge

Gisela Rudolf
Auch starke Frauen weinen
Roman

«Ich möchte Trost. Und gestreichelt werden, hören, es wird schnell alles gut.» Die Autorin lässt dies Alex, eine der beiden Schwestern, aussprechen.

Um die beiden Schwestern, Alex, nicht zufällig nur manchmal Alexandra genannt, und Eva geht es in diesem Buch. Um Alexandra: Karriere-Frau, Werberin, Lektorin, und Eva: ehemals Lehrerin, nun Mutter und Hausfrau. Zwei Schwestern, wie sie ungleicher nicht sein könnten und ihrem verzweifelten Suchen, in ihrem völlig ungleichen Suchen nach Liebe sich doch wieder gleichen. Vordergründig hart, diszipliniert, ehrgeizig, selbstbewusst wirkt die eine, sensibel, weich, fragend, angepasst die andere. Sind es nur zwei Seiten einer einzigen Person? Immer mehr entdecke ich in der ehrgeizigen, erfolgreichen Werberin die Sehnsüchte ihrer Schwester und in der liebenden Hausfrau und Mutter Eva die wütende Ausbrecherin Alex, die attraktive Hexe.

Beide Frauen zweifeln, zweifeln an sich selber, an gefundenen Werten, an gelebten Beziehungen, an eigenen verborgenen Wünschen, an dem eigenen Zweifel. Ich kenne dies, ich will nicht weiterlesen. Die Autorin trifft in mir Zweifel am Erreichten, die ich nicht spüren will. Ich lese weiter, gebannt durch präzise Schilderungen von Alltags-Dunkelheiten, von Unentschlossenheit und Angst vor dem Chaos, vor dem was ich nicht kenne. Ich lese weiter und sehe die beiden Schwestern, die völlig aus ihren Bahnen geworfen, bangend, manchmal hoffend, krank werden, sehe sie in ihrem einzigartigen Suchen. Ich verstehe mich durch sie, ich will, dass sie sich selber verstehen in ihren Gegenpolen, in ihrem Gewordensein, in ihrem Gleichsein und Unterschiedlichsein, in ihrer Sehnsucht nach Vater, Mutter, nach den gemeinsamen Wurzeln. Die Autorin zwingt mich, schon einmal gestellte Sinn-Fragen neu zu fragen und neu zu erleben, wie mir Kirche, Religion, Erziehung antworten und ich doch keine Antwort finde.

Gisela Rudolf führt mich tief zu mir selber, auch indem sie Alexandra ihre nächtlichen Träume wiederholt erzählen lässt. Tief innen erkenne ich in den beiden Schwestern meine Gegenpole. Indem die beiden entfremdeten Schwestern sich einander durch neue Situationen eigenartig und langsam annähern, erlaube ich auch meinen extremen Haltungen, sich ihrer selbst bewusst zu werden, vielleicht, sich ein wenig zu korrigieren.

«Ins Geschehen werfen ist das eine, die Angst davor das andere» schreibt die Autorin. Das Buch bewegt, erschüttert, erhellt mich. Beim Lesen habe ich gelacht. Und ich habe geweint.   *Paula Furrer-Koller, kommunikation*

Frauenschicksale bei Zytglogge

Katharina Zimmermann
Frau Zu
Roman

«Frau Zu» nennt man die Schweizerin in Hongkong, weil «Zuberbühler» für Einheimische fast unaussprechbar ist. Sie hat also unversehens einen anderen Namen und ist, fern der Heimat, auch auf der Suche nach einem neuen Weg. Ihre 17-jährige Tochter Edith, die in Bern zurückgeblieben ist, möchte nicht mehr die kleine Dithi bleiben. Aber für sie ist die Suche nach einer neuen Identität schwierig. Der Vater ist nicht mehr da, die Mutter im Auftrag des Arbeitgebers am andern Ende der Welt.

Dithi ist gerade zur jungen, engagierten Frau herangewachsen. Ihr Einsatz gilt der Umwelt und gibt der Mutter viel zusätzliche Arbeit im Haushalt: «In Dithis Zimmer bewachen grosse Gewächse ihre Matratze. Vom Radiator klettern Blätter und Luftwurzeln an den Lamellen herab ... Auf Lattenkistchen erholen sich die Patienten. Dithi muss sie aus Schuttwannen und Abfallkübeln gerettet haben ... eine alte Bekannte, die verstorbene Azalee ... steht in Dithis Zimmer und bezahlt Finderlohn: Zwei neue Blätter am dürren Stamm.»

Während die Tochter an einem kompromisslosen Umweltengagement zu zerbrechen droht, organisiert die Mutter von Hongkong aus Flugreisen nach Europa. Die Tochter vereinsamt, während sich die Mutter auf eine interessante Beziehung mit einem Mann aus China einlässt. Fast im Vorbeigehen erfährt man beim Lesen dieses Romans, der eigentlich um Heranwachsen, um Mutter/Tochter-Beziehung und Zukunftsängste kreist, viel über chinesisches Empfinden, über Geschichte und Gegenwartsprobleme der Kronkolonie. 99 Jahre nach 1898 muss Hongkong an China zurückgegeben werden. Viele Menschen sind aber aus diesem Land geflohen, waren politisch verfolgt und sehen der Übergabe ihres «Asyllandes» ausgerechnet an China mit Sorge entgegen.

Besonders beklemmend ist dabei die Konfrontation mit der Schuld Europas an Chinas wirtschaftlichen und politischen Problemen. Abgesehen von der spannenden inneren Handlung um menschliche Beziehungen und Entwicklungen ist Katharina Zimmermanns Roman auch lehrreich im Blick auf die trübe Kolonialgeschichte. Was Weisse den Indianern und Afrikanern angetan haben ist uns eher bewusst als die Schandtaten, die sich mit dem Begriff «Opiumkrieg» im Fernen Osten verbinden. Und man kann der Wahrheit des Satzes nicht ausweichen, den Frau Zus Freund in Hongkong angesichts der Drogenprobleme Europas und Nordamerikas prägt: «Das Böse kehrt zurück.»

Katharina Zimmermann erliegt aber nicht der Gefahr des Moralisierens oder der Resignation. Ihr Roman ermutigt zum Engagement, füreinander und die Schöpfung. Auf der letzten Seite steht, fast trotzig: «Morgen beginnt sie die Zukunft zu planen. Ohne Fallschirm, ohne Pass für eine andere Erde. – Wir können nicht weg.» *Christoph Möhl, Ref. Forum*